AF474648

TRADUCTION
DES
EGLOGUES
DE
VIRGILE,

Par feu M. LEPUL, *Viguier de Beziers.*

A BEZIERS,
Chez ESTIENNE BARBUT, Imprim. du
Roy, & Marchand Libraire.

M. DCC. XIII.
AVEC PERMISSION.

PERMISSION.

NOUS Lieutenant General, Premier President & Juge-Mage en la Senéchaussée & Siege Presidial de Beziers : Permetrons l'impression du Livre intitulé, *Traduction des Eglogues de Virgile.* A Beziers, le 25. Août 1713.

DE GUIBAL, Juge-Mage.

VEU la susdite permission, Nous consentons pour le Roy QU'ESTIENNE BARBUT, Imprimeur & Marchand Libraire de la presente Ville, fasse l'impression du susdit Livre, avec les défenses en tel cas requises. A Beziers, ce 25. Août 1713.

GUICHENS, Avocat du Roy.

L'AUTEUR SUR LUI-MESME.

DANS les mûrs de Beziers, je reçus la naissance,
Et des plus nobles Arts, j'acquis la connoissance;
Conduit par la raison, plûtôt que par mon choix,
A Toulouse j'appris la science des Loix.
Mais charmé d'Apollon dés ma tendre jeunesse,
J'errai loin de Themis sur les bords du Permesse.
A Paris j'eus le temps de m'instruire en cet Art,
Aux faveurs des neuf Sœurs, j'eus même quelque part.
Parmi les beaux Esprits de cette illustre Ville,
J'eus pour Amis Sapho *a*, Chapelain, Gomberville:
Parmi les Grands Seigneurs, Longueville *b* est celui
Dont je fis mon Heros, ainsi que mon appui.
Heureux! si prés du Rhin, sa trop prompte vaillance
N'avoit par son trépas détruit mon esperance.
Privé de ce soûtien, je pense à mon retour,
Et revoir le Climat où j'ai reçu le jour;
Mais l'amour des beaux Arts, tout de nouveau m'entraine,
De mon païs natal vers les bords de la Seine;
D'où suivant les Gondis, les Chaunes, *c* les Boüillons,
Avec eux à grands pas je traverse les Monts.
Je vois les monumens de l'Antique Italie,
Et les charmes nouveaux dont elle est embellie:
Je quitte avec regret ce Climat fortuné,
Pour retourner encore aux lieux où je suis né.
Là mon zele au Public n'étant pas inutile,
J'ai le soin pour un temps de gouverner la Ville.
Depuis, monté plus haut, je lui donne la Loy,
Comme Juge du peuple, & Prêteur pour le Roy.

a *Mademoiselle de Scudery.*

b *M. le Duc de Longueville, Comte de S. Paul.*

c *Messieurs les Cardinaux de Retz & de Bouillon. M. le Duc de Chaune, Ambassadeurs à Rome.*

Enfin m'étant soûmis aux Loix de l'Himenée,
Je suis avec plaisir ma douce destinée:
En un fils bien aimé cet hymen est fecond,
Le Ciel m'ôte ce fils, & m'en donne un second:
Bientôt il me l'enleve, & met dans une fille,
Le bonheur de mes jours, l'espoir de ma famille.
Aux cliens de Themis, j'offre un facile accès,
Je punis les débats, je tranche les procès:
Toûjours d'un zele ardent, & d'une ame intrepide,
Je marche droit au but où l'Equité me guide:
Et proche ou loin du jour où je dois expirer,
Je l'attends, sans le fuïr & sans le desirer.

IN
LUDOVICI MAGNI
STATUAM ÆNEAM EQUESTREM,
AB OCCITANIA ERECTAM.

HIC procul absentem Lodoicum cernere fas est,
Sic datur in terris cernere posse Deos.

SUR LA STATUE EQUESTRE, dreßée à LOUIS LE GRAND *par la Province de Languedoc.*

Ici l'on voit LOUIS, malgré l'espace immense
Qui le separe de ces lieux:
On y peut supporter l'éclat de sa presence,
Ainsi sur terre on voit les Dieux.

SUR LE VOYAGE DE

Messeigneurs les Ducs de Bourgogne & de Berry en Languedoc ; aprés avoir accompagné le Roy d'Espagne jusques aux Pyrenées.

SONNET.

QUELS jeunes Demi-Dieux des rives de la Seine
Fournissent leur carriere en ces lieux éloignez ?
*De quels sages * Heros sont-ils accompagnez ?*
Que de pompe & d'éclat ! Quel dessein les amene ?

*Mais l'un d'eux à franchi les rochers de ** Pyrene ;*
Et regnant sur des cœurs que lui-même a gagnez,
Voit cent riches climats par l'Ocean baignez,
Comme l'Ebre obeïr à sa loy souveraine.

Quel charme pour LOUIS ! trois fils de son Dauphin
Venoient de lui promettre une Empire sans fin,
Et l'Espagne au second s'offre pour heritage.

Le Ciel sur leurs vertus a mesuré leurs Droits ;
Il veut qu'à ces trois Fils la terre se partage :
Ce n'est plus qu'à la France à luy donner des Roys.

* Mr. le Duc de Bauvillier & Mr. le Maréchal Duc de Noailles.

** Pyrene Nimphe des Pyrenées, aimée d'Hercule.

TITYRUS

ECLOGA I.

Virgilius in persona Tityri fortunam suam, beneficiaque Cæsaris explicat; Meliboeum introducit exulem.

MELIBOEUS.

Tytire tu patulæ recubans sub tegmine fagi,
Sylvestrem tenui musam meditaris avena:
Nos patriæ fines, & dulcia linquimus arva,
Nos patriam fugimus: tu Tytire lentus in umbra
Formosam resonare doces Amarillida sylvas.

TYTIRUS.

O Melibœe, Deus nobis hæc otia fecit:
Namque erit ille mihi semper Deus, illius aram
Sæpè tener nostris ad ovilibus imbuet agnus.
Ille meas errare boves, ut cernis, & ipsum
Ludere quæ vellem calamo permisit agresti.

TITYRE

EGLOGUE I.

Virgile sous la personne de Tityre, raconte sa bonne fortune & la grace que Cesar luy a faite : Et sous la personne de Melibée, il represente un malheureux qu'on a chassé de son païs.

MELIBE'E.

HEUREUX Tityre assis à l'ombre de ces hêtres
Sur tes doux chalumeaux tu mets des airs champêtres :
Nous fuyons éperdus, infortunez, errans,
Nôtre chere patrie & nos aimables champs.
Tu goutes à loisir sous ce feuillage sombre
Le plaisir du repos, les delices de l'ombre ;
Et le bruit de tes airs dont ces bois sont remplis,
Leur enseigne à chanter la belle * Amarillis.

TITYRE.

Un ** Dieu, cher Melibée, à mes vœux favorable
Me fait goûter ici ce repos agéable ;
Je le mettray toûjours au rang des immortels,
Et souvent mes Agneaux rougiront ses Autels.
Il m'a déja permis, comme tu peus connoître,
Qu'aux lieux où je voudray mes troupeaux aillent paître ;
Que sur mon chalumeau tout champêtre qu'il est,
Je joüe en liberté tous les airs qu'il me plaît.

* *Sous le nom d'Amarillis, Virgile parle de Rome.*
** *Ce Dieu est l'Empereur Auguste.*

MELIBOEUS.

Non equidem invideo, mitor magis, undique totis
Usque adcò turbatur agris. En ipse Capellas
Protinùs æger ago, hanc etiam vix, Tityre, duco.
Hic inter densas corilos modo namque gemellos,
Spem Gregis, ah! silice in nuda connixa reliquit.
Sæpe malum hoc nobis, si mens non læva fuisset,
De Cœlo tactas memini prædicere quercus:
Sæpè sinistra cava prædixit ab ilice cornix!
Sed tamen ille Deus qui sit, da, Tityre, nobis.

TITYRUS.

Urdem, quam dicunt Romam, Melibœe, putavi
Stultus ego, huic nostræ similem, quò sæpè solemus
Pastores ovium tenetros depellere fœtus.
Sic canibus catulos similes, sic matribus hædos
Noram: Sic parvis componere magna solebam.
Verum hæc tantum alias inter caput extulit urbes,
Quantum lenta solent inter viburna cupressi.

MELIBOEUS.

Et quæ tanta fuit Romam tibi causa videndi?

TITYRUS.

Libertas; quæ sera tamen respexit inertem,
Candidior postquam tondenti barba cadebat:
Respexit tamen, & longo post tempore venit.

MELIBE'E.

Je n'en suis point jalous: mais ce repos m'étonne;
Quand les troubles des champs n'ont épargné personne.
Voy ces Chevres qu'infirme, & que de loin je suis,
Voy même celle-cy qu'à peine je conduis.
Depuis peu deux Chevreaux en ont reçû la vie,
Ils étoient tout l'espoir de nôtre Bergerie;
Mais à ces coudriers tousus & ramassez,
Helas! sur une roche elle les a laissez.
Le Ciel, il m'en souvient, me l'avoit fait entendre,
Si plus prudent alors j'avois sceu le comprendre.
Ce bois de Chênes-verds par la foudre embrasé;
Et sur cet arbre encor que les ans ont creusé,
La Corneille toûjours de malheureux augure,
M'avoit souvent prédit cette triste avanture;
Mais fai nous ce plaisir, cher Tityre, appren nous;
A qui des immortels tu dois un sort si doux.

TITYRE.

Berger je fus jadis dans cette erreur grossiere,
Que Rome que l'on voit si pompeuse & si fiere,
Estoit toute semblable à ce tas de hameaux,
A la Ville où souvent nous menons nos Agneaux.
C'est ainsi qu'au gros chien le petit est semblable,
Qu'à mes yeux au Chevreau la Chevre est comparable.
Ainsi je confondois les sujets differens;
J'égalois sans raison les petits lieux aux grands:
Mais Rome est au dessus de ces Villes vulgaires,
Autant que le Cyprés au dessus des fougeres.

MELIBE'E.

Quel sujet si pressant, quel dessein t'a porté,
Tityre, à venir voir Rome?

TITYRE.

La liberté,
Qui pour moy trop tardive à la fin est venuë;
Quand j'y pensois le moins, quand ma tête est chenuë:
Elle est venuë enfin, mais aprés un long temps:

Poſtquam nos Amarillis habet, Galatea reliquit.
Namque (fatebor enim) dum me Galatea tenebat,
Nec ſpes libertatis erat, nec cura peculi.
Quamvis multa meis exiret victima ſeptis,
Pinguis & ingratæ premeretur caſeus urbi,
Non unquam gravis ære domum mihi dextra redibat.

MELIBOEUS.

Mirabar quid mœſta Deos, Amarilli, vocares,
Cui pendere ſua patereris in arbore poma:
Tityrus hinc aberat, ipſæ te, Tityre pinus,
Ipſi te fontes, ipſa hæc arbuſta vocabant.

TITYRUS.

Quid facerem? neque ſervitio me exire licebat,
Nec tam præſentes alibi cognoſcere divos.
Hic illum vidi juvenem, Melibœe, quot annis
Bis ſenos cui noſtra dies altaria fumant:
Hic mihi reſponſum primus dedit ille petenti:
Paſcite, ut antè, boves, pueri: ſubmittite tauros.

MELIBOEUS.

Fortunate Senex, ergo tua rura manebunt,
Et tibi magna ſatis: quamvis lapis omnia nudus,
Limoſoque palus obducat paſcua junco:
Non inſueta graves tentabunt pabula fœtas,
Nec mala vicini pecoris contagia lædent.
Fortunate Senex, hic inter flumina nota,
[illegible] fontes ſacros, frigus captabis opacum.

La belle Amarillis rend mes desirs contens :
Ma Liberté vient d'elle, & je ne l'ay goutée
Qu'aprés m'étre arraché des bras de * Galatée.
Pendant que je l'aimois, je ne fûs pas flatté
De l'espoir d'acquerir ni bien, ni liberté;
Quoique pour ses Autels on vuidât nos pascages,
Que pour la Ville ingrate on pressât nos laitages,
M'en retournant chez nous avec un petit gain,
L'argent que j'emportois ne chargeoit pas ma main.

MELIBE'E.

Je ne sçavois pourquoi gemissant de tristesse,
Vous invoquiez les Dieux, Amarillis, sans cesse;
Pour qui sur leurs rameaux vous laissiez tous vos fruits;
Ah ! c'étoit pour Tityre absent de ce païs.
Ouy Tityre, ces pins avec impatience
Desiroient ta venuë, attendoient ta presence;
Dans un espoir si doux ces fontaines couloient,
Et ces arbustes même en ces Lieux t'appelloient

TITYRE.

Mais comment satisfaire à leur inquietude,
Et pouvoir sans secours sortir de servitude :
Je n'avois point ailleurs des Dieux si bien-faisans;
Là je l'ay veu ce ** Dieu. Même icy tous les ans,
Douze fois ses Autels fument de nos offrandes;
C'est lui qui le premier propice à mes demandes,
Me dit, comme autrefois reprenez vos travaux,
Bergers, paissez vos Bœufs, & domptez vos Taureaux.

MELIBE'E.

Enfin heureux Berger elle t'est donc renduë,
Cette terre pour toy d'assez grande étenduë :
Un rocher t'y deffend de paistre en d'autres fonds;
Un marais tout au tour s'y herisse de joncs :
Mais aussi tes Brebis dans tes seuls fonds nourries
Ne craindront plus les maux des autres Bergeries;
Parmi l'onde sacrée où l'ombrage est épais,
A des fleuves connus tu vas prendre le frais.

* *Galatée c'est Mantouë.* ** *Ce jeune Dieu c'est l'Empereur Auguste.*

Hinc tibi, quæ semper vicino ab limite sepes
Hyblæis apibus florem depasta salicti,
Sæpè levi somnum suadebit inire susurro:
Hinc alta sub rupe canet frondator ad auras.
Nec tamen interea raucæ, tua cura, palumbes
Nec gemere aëria cessabit turtur ab ulmo.

TITYRUS.

Ante leves ergo pascentur in ætere cervi,
Et freta destituent nudos in littore pisces:
Ante, per erratis amborum finibus exul
Aut Ararim Parthus bibet, aut Germania Tigrim;
Quàm nostro illius labatur pectore vultus.

MELIBOEUS.

At nos hinc alii sitientes ibimus afros,
Pars Scythiam, & rapidum Cretæ veniemus Oaxem,
Et penitùs toto divisos orbe Britannos.
En unquam patrios longo post tempore fines,
Pauperis & tuguri congestum cespite culmen,
Post aliquot, mea regna videns, mirabor aristas?
Impius hæc tam culta novalia miles habebit?
Barbarus has segetes? En quò discordia Cives
Perduxit miseros! En queis consuevimus agros,
Insere nunc Melibœe pyros, pone ordine vites:
Ite meæ, felix quondam pecus, ite capellæ.
Non ego vos posthac viridi projectus in antro,
Dumosa pendere procul de rupe videbo.

C'est

C'eſt dans ce lieu que borne une prochaine haye,
Où l'Abeille s'attache aux fleurs de la ſauſſaye,
Que lorſqu'à ton oreille elle bourdonera,
Ce doux bruit au ſommeil ſouvent t'invitera.
D'icy le Roſſignol caché ſous ce feüillage,
Au pied d'un haut rocher chantera ſon ramage :
Le Pigeon enroüé qui faiſoit ton ſouci,
A cet Oyſeau charmant ſe viendra joindre auſſi:
Et ſur ce grand Orme au la Tourte languiſſante,
Fera ſans ceſſe entendre une voix gemiſſante.

TITYRE.

Plûtôt les Cerfs paîtront dans le vague de l'air,
Et les Poiſſons à ſec vivront hors de la mer;
Chez le Parthe on verra la Saone vagabonde,
Et le Tigre abreuver le Germain de ſon onde;
Avant que l'on me voye effacer de mon cœur,
L'Image de ce Dieu qui fait tout mon bonheur.

MELIBE'E.

Moi j'iray parcourir avec ma Troupe errante,
Et la froide Scythie, & l'Afrique brulante:
Nous fuïrons vers la Crête où Loaxe agité,
Donne à ſes fieres eaux un cours precipité :
Nous verrons des Anglois la lointaine contrée,
Qui de tout l'Univers ſemble être ſeparée.
Enfin aprés long-temps revoyant mon Païs,
Mon toit couvert de chaume & mes biens envahis,
Ne rentreray-je point un jour dans mon Domaine ?
Le Soldat aura-t-il tout le fruit de ma peine,
Cette belle moiſſon, & ces champs cultivez?
La diſcorde à ces maux nous avoit reſervez.
Quoy nous aurons ſemé pour ces voleurs inſignes!
Ente de beaux Fruitiers, plante au cordeau tes Vignes,
Melibée, & pour vous troupeau jadis heureux,
Mes chevres, n'attendez qu'un deſtin rigoureux.
Du fond d'un antre verd, loin, ſur un roc perchées,
Je ne vous verray plus aux buiſſons attachées.

Carmina nulla canam : non me pascente Capellæ

Florentem cythisum & salices carpetis amaras.

TITYRUS.

Hic tamen hac mecum poteris requiescere nocte,

Fronde super viridi : sunt nobis mitia poma,

Castaneæ molles, & pressi copia lactis ;

Et jam summa procùl villarum culmina fumant,

Majoresque Cadunt altis de montibus umbræ.

ALEXIS.

ECLOGA II.

Sub Persona Coridonis quæritur, quod apud Alexim parùm sit gratiosus.

FOrmosum pastor Coridon ardebat Alexim.

Delicias domini : nec quid speraret, habebat.

Tantùm inter densas, umbrosa cacumina, fagos

Assiduè veniebat : ibi hæc incondita solus

Montibus & silvis studio jactabat inani.

O crudelis Alexi, nihil mea carmina curas :

Nil nostri miserere, mori me denique cogis.

Nunc etiam pecudes umbras & frigora captant :

Nunc virides etiam occultant spineta lacertos ;

Thestylis & rapido fessis Messoribus æstu

Allia Serpillumque herbas contundit olentes :

Je n'auray desormais nuls airs à vous chanter,
Sous moy dans les Forêts vous n'irez plus broûter
Le cytise odorant & ses branches fleuries,
Ni les saules amers dont vous étiez nourries.

TITYRE.

Mais icy cette nuit tu pourras à couvert,
Reposer avec moy sous ce feüillage verd.
J'ay pour te regaler un excellent fruitage,
Des marrons tous recens & beaucoup de laitage:
Aussi bien la fumée aux hameaux d'alentour,
Déja de nos Bergers annonce le retour;
Et l'ombre qui descend de ces hautes Montagnes,
En devenant plus grande obscurcit nos Campagnes.

ALEXIS,

EGLOGUE II.

Virgile sous la personne de Coridon se plaint du peu d'amitié qu'Alexis jeune esclave de Pollion avoit pour luy.

LE Berger Coridon étoit plein des soucis,
D'une tendre amitié pour le bel Alexis;
Mais Alexis content d'être aimé de son Maître,
Otoit à Coridon l'esperance de l'être.
Toutefois ce Berger sans espoir de retour,
Sous des hêtres toufus se rendoit chaque jour;
Là dans ses noirs chagrins se plaisant aux lieux sombres,
Il flatoit ses douleurs à la faveur des ombres:
Seul aïant pour témoins les Monts & les Forêts,
Sans ordre il leur faisoit d'inutiles regrets.
Tu méprises ces vers que l'amitié m'inspire,
O cruel Alexis, tu veux donc que j'expire:
Le bétail prend le frais sous les ombrages verds;
Maintenant des buissons les Lezards sont couverts;
Au Moissonneur lassé des chaleurs violentes,
Testile fait goûter les herbes odorantes,

At mecum raucis, tua dum vestigia lustro,
Sole sub ardenti resonant arbusta cicadis.

Nonne fuit satius, tristes Amaryllidis iras,
Atque superba pati fastidia? nonne Menalcan?
Quamvis ille niger, quamvis tu candidus esses.
O formose puer, nimium ne crede colori:
Alba ligustra cadunt, vaccinia nigra leguntur.
Despectus tibi sum, nec qui sim quæris, Alexi:
Quam dives pecoris nivei, quam lactis abundans.
Mille meæ Siculis errant in montibus agnæ.
Lac mihi non æstate novum, non frigore desit.
Canto, quæ solitus, si quando armenta vocabat,
*Amphion * Dircæus in Actæo Aracyntho.*

Nec sum adeò informis: nuper me in littore vidi,
Cum placidum ventis staret mare, non ego Daphnim
Judice te metuam, si nunquam fallat imago.

O tantum libeat mecum tibi sordida rura,
Atque humiles habitare casas, & figere cervos,
Hædorumque gregem viridi compellere hibisco!
Mecum una in silvis imitabere Pana canendo.
Pan primus calamos cerâ conjungere plures

* Amphion est appellé Dirceus, à cause de Dircé Reine de Thebes dont il fut aussi Roy.

Et ſous l'ardent Soleil je te cherche en ces bois ;
Où la ſeule Cigale accompagne ma voix.
Ah ! je devois plûtôt ſouffrir l'humeur fâcheuſe,
De mon Amarillis colere & dédaigneuſe ;
Je devois à Menalque avoir donné ma foy,
Encor qu'il ne fût pas blanc & blond comme toy :
Beau Garçon, quelque fleur qui ſur ta joüe éclatte,
Compte peu ſur un teint dont la couleur te flatte.
Le Lis tout blanc qu'il eſt tombe abject, avili,
Et le brun Hyacinte avec ſoin eſt cueilli.
Tu n'as que des rigeurs pour qui cherche à te plaire.
De tout ce que je ſuis tu ne t'informes guere ;
Ni combien de bétail dans mes champs ſe repaît,
Ni combien mes troupeaux ſont abondans en lait :
De mes graſſes brebis aujourd'huy plus de mille,
Paiſſent de toutes parts ſur les Monts de Sicile :
J'ay toûjours du lait frais & l'Hyver & l'Eté :
Je chante ce qu'en Grece Amphion a chanté ;
Lorſqu'au Mont Aracinte * il ſe faiſoit entendre,
Et forçoit par ſon chant ſes Troupeaux à s'y rendre.
Je ſuis aſſez aimable, & depuis peu de temps,
Quand le calme regnoit ſur les flots inconſtans,
Je me vis au rivage, & ſi l'onde eſt fidelle,
A peindre les objets qui s'offrent autour d'elle ;
Je n'apprehende pas même à ton jugement,
Que Daphnis qui te charme, ait rien de plus charmant.
Que je ſerois heureux ſi j'avois l'avantage,
De te voir en ce lieu qui te paroit ſauvage ;
D'habiter avec toy nos tranquilles hameaux ;
D'y pourſuivre des Cerfs, d'y mener des Chevreaux,
Les nourrir dans le ſein d'une terre abondante,
Et leur faire broûter la mauve verdoyante.
Avec moy dans les bois tu pourrois imiter,
Le Dieu Pan dans les airs qu'il aimoit à chanter :
C'eſt luy qui le premier pour plaindre ſon martire,
Aſſembla des Roſeaux joints avec de la cire.

* *Aracinte Mont proche d'Athenes.*

instituit: Pan curat oves, oviumque magistros.
Nec te pœniteat calamo trivisse labellum:
Hæc eadem ut sciret, quid non faciebat Amyntas?
Est mihi disparibus septem compacta cicutis
Fistula, Damœtas dono mihi quam dedit olim:
Et dixit moriens: Te nunc habet ista secundum.
Dixit Damœtas, invidit stultus Amyntas.

Præterea duo, nec tuta mihi valle reperti.
Capreoli, sparsis etiam nunc pellibus albo,
Bina die siccant ovis ubera: quos tibi servo.
Jam pridem à me illos abducere Thestylis orat,
Et faciet: quoniam sordent tibi munera nostra.

Huc ades, ô formose puer: tibi lilia plenis
Ecce ferunt Nymphæ calathis: tibi candida Naïs,
Pallentes violas & summa papavera carpens,
Narcissum & florem jungit bene olentis anethi.
Tum casia, atque aliis intexens suavibus herbis,
Mollia luteola pingit vaccinia caltha.
Ipse ego cana legam tenera lanugine mala,
Castaneasque nuces, mea quas Amaryllis amabat.
Addam cerea pruna, & honos erit huic quoque pomo.
Et vos, ô lauri, carpam, & te proxima myrte,
Sic positæ quoniam suaves miscetis odores.

Rusticus es Corydon, nec munera curat Alexis:

Pan a ſoin des Paſteurs, Pan a ſoin des Troupeaux.
Ne ſois donc pas fâché d'enfler nos chalumeaux,
Et de ternir l'éclat de tes levres de roſes.
Ah ! pour ſçavoir ces airs qu'Aminte a fait des choſes.
Viens-en joüer icy, je t'offre avec mon cœur,
Ma flute à ſept tuyeaux d'inegale longueur.
Damette me donna cet inſtrument champêtre,
Et me dit en mourant tien ſois ſon ſecond Maître.
Ainſi parla Damette, Amynte au deſeſpoir,
Jaloux, mais ſans raiſon auroit voulu l'avoir.
J'ay deux Chevreüils leur peau de blanc eſt tavelée;
Je les pris l'autre jour au fond d'une vallée:
Ce n'eſt pas ſans peril que je les enlevay;
Rares comme ils le ſont je te les reſervay.
Chacun prenant du lait autant qu'il en ſouhaite,
Epuiſe chaque jour la mere qui l'allaite:
Depuis long-temps Teſtile ayant vû leur beauté,
Pour ſe les procurer m'a fort ſollicité.
Enfin c'eſt un preſent que je pourray luy faire,
Puiſque mes dons n'ont point le bonheur de te plaire.
Viens ici beau Garçon, où les paniers remplis,
Les Nymphes de ces lieux te preſentent des Lis;
Pour t'offrir un bouquet, voy comme la mieux faite,
Prend la fleur du Pavot, la pâle Violette,
Le Narciſſe charmant, la douce fleur d'Anet,
Le jauniſſant Souci, le tendre Vaciet;
Elle y joint l'Acacie, & cent fleurs differentes,
Les plus belles à voir & les plus odorantes.
Je Cuëilliray ces Coins qu'un coton a blanchis,
Et ces Marrons qu'aimoit ma chere Amarillis:
La Prune couleur d'or y ſera jointe encore;
Je ſçay que c'eſt ton fruit, & que ton goût l'honore.
Je vous prendray Lauriers, & vous Mirtes auſſi,
Que ſi prez l'un de l'autre, on a plantez ici;
Afin qu'en même endroit vos Tiges aſſemblées,
Faſſent un doux parfum de leurs odeurs mêlées.
Mais helas! je m'abuſe, & mes plus beaux preſens,
Pour toucher Alexis ne ſont pas ſuffiſans.

Nec ſi muneribus certes, concedat Iolas.

Eheu, quid volui miſero mihi? floribus auſtrum
Perditus, & liquidis immiſi fontibus apros.

Quem fugis, ah demens? habitarunt Dii quoque ſilvas,
Dardaniuſque Paris. Pallas quas condidit arces,
Ipſa colat, nobis placeant ante omnia ſilvæ.
Torva leæna lupum ſequitur, lupus ipſe capellam;
Florentem cytiſum ſequitur laſciva capella:
Te Corydon, ô Alexi: trahit ſua quemque voluptas.

Aſpice, aratra jugo referunt ſuſpenſa juvenci,
Et ſol creſcentes decedens duplicat umbras:
Me tamen urit amor, quis enim modus adſit amori?
Ah Corydon, Corydon, quæ te dementia cepit:
Semiputata tibi frondoſa vitis in ultimo eſt.
Quin tu aliquid ſaltem, potius quorum indiget uſus,
Viminibus mollique paras detexere junco?
Invenies alium, ſi te hic faſtidit, Alexim.

S'il falloit par les dons disputer sa tendresse,
Le berger Jolas me vaincroit en largesse.
Que dis-je infortuné. J'irrite mes malheurs ;
C'est pousser au milieu d'un jardin plein de fleurs ;
Des vents impetueux les brulantes halénes,
Et mettre un Sanglier dans les claires fontaines.
Innocent quel sujet t'éloigne de ces lieux ;
Les bois furent jadis la demeure des Dieux :
Paris les habitoit ; que Pallas dans les Villes
Eleve des Palais, en fasse ses aziles ;
Pour nous dans les Forêts renfermant nos desirs ;
De leur charmant sejour faisons tous nos plaisirs.
Regarde dans ce bois la tendre Tourterelle,
Voler aprés son pair, & son pair aprés elle,
La Chevre courre à l'herbe ; & Coridon à toi :
Ainsi tout ce qui plait, nous entraîne aprés soi.
Mais les Taureaux lassez de tirer la charuë,
La raportent des champs à leur joug suspenduë :
Voi même le soleil dont la clarté nous fuit,
Avec l'ombre amener le calme qui la suit :
Tout est dans le repos, rien ne l'offre à mon ame;
Quel repos peut avoir le desir qui m'enflame !
Malheureux Coridon, Coridon insensé !
Le travail de ta vigne est déja commencé ;
Acheve ce travail, fai plûtôt quelque ouvrage,
Ou d'osier, ou de jonc utile à ton ménage :
Si le fier Alexis te méprise aujourd'hui,
Tu trouveras quelqu'autre aussi charmant que lui.

PALÆMON,

ECLOGA III.

Lites Sub Judice Palæmone : præmium victori.

MENALCAS.

DIc mihi, Damœta, cujum pecus ? an Melibœi ?

DAMOETAS.

Non verum Ægonis, nuper mihi tradidit Ægon.

MENALCAS.

Infelix ô semper ovis pecus : ipse Neæram
Dum fovet, ac, ne me sibi præferat illa, veretur.
Hic alienus oves custos bis mulget in hora :
Et succus peccori, & lac subducitur agnis.

DAMOETAS.

Parcius ista viris tamen objicienda memento.
Novimus & qui te, transversa tuentibus hircis,
Et quo, sed faciles Nymphæ risere, sacello.

MENALCAS.

Tum credo, cùm me arbustum videre Myconis.
Atque malâ vites incidere falce novellas.

DAMOETAS.

Aut hic ad veteres fagos, cùm Daphinidis arcum
Fregisti, & calamos : quæ tu perverse Menalca,
Et cùm vidisti puero donata dolebas :
Et si non aliqua nocuisses, mortuus esses.

PALEMON,

ECLOGUE III.

Défi de deux Bergers à qui chantera le mieux: Palemon est leur Juge.

MENALQUE.

A Quel Maître appartient le Troupeau que je voy,
Damete, n'est-il pas à quelque autre qu'à toy?
Est-il à Melibée?

DAMETE.

Egon en est le Maître.
Il me donna le soin l'autre jour de le paître.

MENALQUE.

Ce Troupeau de Brebis est toûjours malheureux;
Pendant qu'à ma Bergere Egon offre ses vœux,
Et qu'il craint qu'à lui-même elle ne me prefere,
Dans une heure deux fois, ses Brebis tu vas traire,
Et ravis lâchement sans soin de ses Troupeaux,
La substance aux Brebis, & le lait aux Agneaux.

DAMETE.

Tout beau; prens un peu garde à ce que tu m'imposes:
On te connoit assez, & je sçay toutes choses.
Quelle horreur tu donnas aux Boucs qui te voyoient!
En quel Temple, & pourquoy les Nymphes en rioient.

MENALQUE.

Ce fut quand je coupai d'une main criminelle,
L'arbuste de Micon, & sa Vigne nouvelle.

DAMETE.

Non; mais plûtôt c'étoit quand auprés d'un vieux fau,
Tu brisas de Daphnis l'arc & le chalumeau:
Jaloux de ces beaux dons, tu serois mort de rage;
Lâche, de n'avoir pû lui faire quelque outrage.

MENALCAS.

Quid domini facient, audent cum talia fures?
Non ego te vidi Damonis, pessime, caprum
Excipere insidiis, multum latrante lycisca?
Et cùm clamarem: Quò nunc se proripit ille?
Tityre coge pecus: tu post carecta latebas.

DAMOETAS.

An mihi cantando victus non redderet ille,
Quem mea carminibus meruisset fistula caprum?
Si nescis, meus ille caper fuit, & mihi Damon
Ipse fatebatur, sed reddere posse negabat.

MENALCAS.

Cantando tu illum: aut unquam tibi fistula cerâ
Juncta fuit? non tu in triviis, indocte, solebas,
Stridenti miserum stipula disperdere carmen?

DAMOETAS.

Vis ergo inter nos, quid possit uterque vicissim
Experiamur? ego hanc vitulam (ne forte recuses:
Bis venit ad multram, binos alit ubere fœtus)
Depono: tu dic mecum quo pignore certes.

MENALCAS.

De grege non ausim quicquam deponere tecum:
Est mihi namque domi pater, est injusta noverca:
Bisque die numerant ambo pecus, alter & hædos.
Verum id, quod multo tute ipse fatebere majus,
(Insanire libet quoniam tibi) pocula ponam
Fagina, cælatum divini opus Alcimedontis:
Lenta quibus torno superaddita vitis,
Diffusos hædera vestit pallente corymbos.
In medio duo signa, Conon: & quis fuit alter,
Descripsit radio totum qui gentibus orbem:
Tempora quæ messor, quæ curvus arator haberet?

MENALQUE.

Que ne peut faire Egon, si pour me quereller,
Son fripon de valet ose ainsi me parler.
Mechant, ne pris-tu pas à mes yeux par finesse,
Le Chevrau de Damon, son chien jappant sans cesse?
Quand je criois, il fuit : ramassez vos Troupeaux,
Bergers, tu te cachois derriere des Roseaux.

DAMETE.

Il le perdit au chant, pourquoy ne le pas rendre;
Aprés l'avoir gagné, je pouvois bien le prendre:
De l'aveu de Damon le Chevrau m'étoit dû;
Mais il nioit toûjours qu'il pût m'être rendu.

MENALQUE.

Quoi! ta voix sur la sienne auroit eû l'avantage?
Une flute jamais fut-elle à ton usage?
C'est donc toy qui faisois au coin de nos Hameaux,
Mauvais Fluteur, crier tes aigres chalumeaux!

DAMETE.

Essayons entre nous, ce que chacun sçait faire:
Je gage ma Genisse, elle a de quoy te plaire;
Traite deux fois le jour, deux Vaux en sont nourris.
Mais pour moy du débat, dî, quel sera le prix.

MENALQUE.

Je n'ose du Troupeau, rien tirer que je gage;
J'ay mon Pere, & de plus ma Marâtre sauvage,
Ils comptent chaque jour deux fois tout le Bêtail;
Et l'un d'eux compte encor les Chevreaux en détail:
Mais puisque je te voi dans une erreur extrême,
J'ay des prix bien plus beaux, tu l'avouras toi-même:
Deux Vases que ton prix n'a jamais égalés;
Le grand Alcimedon me les a ciselés:
Il grava sur les bords avec beaucoup de grace,
Des fruits de vigne épars que le Lierre embrasse:
Au milieu, deux Portraits l'un celui de Conon *
Pour l'autre.... je ne puis me souvenir du nom:
C'est celui * qui jadis de toute la nature;
Par sa verge aux Humains a tracé la peinture:
Qui par son industrie a montré dans quel temps,
On doit couper les Bleds, & labourer les Champs;

* *Capitaine Athenien.*

* *Archimede.*

Nec dum illis labra admovi : sed condita servo.

DAMOETAS.

Et nobis idem Alcimedon duo pocula fecit,
Et molli circùm est ansas amplexus acantho,
Orpheâque in medio posuit, silvasque sequentes.
Nec dum illis labra admovi, sed condita servo.
Si ad vitulam spectes, nihil est quod pocula laudes.

MENALCAS.

Nunquam hodie effugies : veniam quocumque vocaris.
Audiat hæc tantum vel qui venit, ecce, Palæmon.
Efficiam, post hac ne quenquam voce lacessas.

DAMOETAS.

Quin age, si quid habes : in me mora non erit ulla;
Nec quenquam fugio, tantum vicine Palæmon
Sensibus hæc imis (res est non parva) reponas.

PALÆMON.

Dicite : quandoquidem in molli consedimus herba.
Et nunc omnis ager, nunc omnis parturit arbos :
Nunc frondent silvæ, nunc formosissimus annus.
Incipe Damœta, tu deinde sequere Menalca.
Alternis dicetis ; amant alterna Camœnæ.

DAMOETAS.

Ab Jove principium, Musæ, Jovis omnia plena :
Ille colit terras, illi mea carmina curæ.

MENALCAS.

Et me Phœbus amat : Phœbo sua semper apud me
Munera sunt, lauri, & suave rubens hyacintus.

Pour y boire, jamais je n'y portay ma bouche;
Et je ne souffre pas que personne les touche.

DAMETE.

J'ay deux Vases aussi de ce même Sculpteur;
Aux ances s'entortille une charmante fleur;
Au milieu de l'ouvrage, Orphée avec sa lire,
Semble faire marcher les Forêts qu'il attire.
Mes levres jusques icy ne les ont pas touchés;
Mais je les ay tous neufs, & les tiens bien cachés.
Regarde ma Genisse, & voy comme elle est belle,
Tes Vases si vantez ne sont rien auprés d'elle.

MENALQUE.

Tu n'échaperas point, allons où tu voudras;
Que Palemon qui vient juge de nos debats.
J'abbatray ton audace, afin que de ta vie:
De défier personne il ne te prenne envie.

DAMETE.

Chante, si tu sçais rien: je suivrai promptement,
Je ne fuis nul de vous, cher voisin seulement
Retenez bien nos vers; le prix qu'on se propose,
Vaut bien qu'on le dispute, & n'est pas peu de chose.

PALEMON.

Assis sur le gazon faites oüir vos chants;
Maintenant qu'aux Vergers, qu'aux Forêts, & qu'aux Champs
Tout pousse, & que ce jour est le plus beau du monde.
Damete commencez, que Menalque reponde.
Vous mettrez à l'envi vos sentimens au jour;
Les Muses aiment fort qu'on chante tour à tour.

DAMETE.

Commençons par le Dieu qui lance le tonnerre.
Muses, de sa grandeur il remplit l'Univers;
Il veille aux besoins de la terre,
Il ne dédaigne pas mes vers.

MENALQUE.

Phœbus m'honore aussi d'une amour sans pareille:
Pour lui j'ay toûjours des presens;
Le Laurier, l'Hyacinthe à la couleur vermeille,
Dont l'odeur est si douce, & réjoüit nos sens.

DAMOETAS.

Malo me Galatea petit; lasciva puella,
Et fugit ad salices, & se cupit ante videri.

MENALCAS.

At mihi se se offert ultrò meus ignis, Amyntas:
Notior ut jam sit canibus non Delia nostris.

DAMOETAS.

Parta meæ Veneri sunt munera: namque notavi
Ipse locum, aëriæ quo congessere palumbes.

MENALCAS.

Quod potui, puero sylvestri ex arbore lectæ
Aurea mala decem misi, cras altera mittam.

DAMOETAS.

O quoties, & quæ nobis Galatea locuta est!
Partem aliquam venti Divûm referatis ad aures.

MENALCAS.

Quid prodest quod me ipse animo non spernis Amynta,
Si, dum tu sectaris apros, ego retia servo.

DAMOETAS.

Phyllida mitte mihi, meus est natalis, Iola:
Cum faciam vitula pro frugibus, ipse venito.

MENALCAS.

Phyllida amo ante alias; nam me discedere flevit.

DAMETE

Galatée avec moy toûjours folâtre & gaye
Me frape en me jettant du fruit ;
Et courant se cacher derriere la saussaye,
Aime que je la voye au moment qu'elle fuit.

MENALQUE.

Mon Amynte s'empresse à s'offrir à ma veüe
Et me visite tant de fois,
Que de mes chiens courans la belle est plus connuë,
Que Diane me l'est au bois.

DAMETE.

J'ay des dons preparez pour la beauté que j'aime,
Des Ramiers par l'amour unis ;
Leurs petits lui sont dûs ; j'ay remarqué moy-même
Où ces Oyseaux ont fait leur nids.

MENALQUE.

Je cueïllis dix citrons dans le fonds d'un Bocage,
Qu'à l'objet de mes vœux j'envoyai dés l'instant ;
Je n'en pû cueïllir d'avantage,
J'en enveray demain autant.

DAMETE.

Helas ! combien de fois l'aimable Galatée,
M'a tenu des discours & doux & gracieux :
Zephirs qui l'avez écoutée,
Portez-en quelque chose aux oreilles des Dieux.

MENALQUE.

Amynte à quoy me sert d'être en vos bonnes graces,
Si tandis qu'en peril au milieu des forêts,
Courant les Sangliers vous marchez sur leurs traces,
Je ne fais que garder les rets.

DAMETE.

Ce jour de ma naissance, à mes desirs propice
Jolas, faî venir ta Philis nôtre amour :
Et quand pour les moissons j'offriray la Genisse,
Vien toy-même avec elle embellir mon sejour.

MENALQUE.

J'aime mieux ma Philis que toute autre maîtresse,
Elle versa des pleurs quand je quittai ce lieu :

Et longum formose vale, vale, inquit Iola.

DAMOETAS.

Triste lupus stabulis, maturis frugibus imbres:
Arboribus venti, nobis Amaryllidis iræ.

MENALCAS.

Dulce satis humor, depulsis arbutus hœdis.
Lenta salis fœto peccori, mihi solus Amyntas.

DAMOETAS.

Pollio amat nostram, quamvis sit rustica musam,
Pierides vitulam lectori pascite vestro.

MENALCAS.

Pollio & ipse facit nova carmina: pascite taurum
Jam cornu petat, & pedibus qui spargat arenam.

DAMOETAS.

Qui te Pollio amat, veniat, quò te quoque gaudet:
Mella fluant illi: ferat & rubus asper amomum.

MENALCAS.

Qui Bavium non odit, amet tua carmina Mævi.
Atque idem jungat vulpes, & mulgeat hircos.

DAMOETAS.

Qui legitis flores, & humi nascentia fraga:
Frigidus, ô pueri, fugite hinc, latet anguis in herba.

Et par de longs regrets me dit avec tendresse,
Adieu, charmant Berger, adieu.

DAMETE.

Telle qu'à nos fruits meurs est la pluye orageuse,
A nos Vergers les vents, à nos Troupeaux les Loups;
Telle elle est à mon ame amoureuse
Mon Amarillis en courroux.

MENALQUE.

Ce qu'est le temps humide à la terre semée,
L'arboisier aux Chevreaux que l'on sevre en ces lieux,
Ce qu'au Bètail fecond est la tendre ramée,
Amynte l'est seule à mes yeux.

DAMETE:

Bien que ma Muse soit champêtre,
Pollion lit ses vers, c'est son adorateur:
Muses pour le bien reconnoître,
Offrez une Genisse à ce digne Lecteur.

MENALQUE.

Pollion même en fait d'un stile noble & rare;
Nourrissez pour lui plaire un Taureau des plus fiers,
Qui déjà de la corne au combat se prepare,
Et jette de son pied le sable dans les airs.

DAMETE.

Pollion que celui qui t'aime,
Parvienne aux grands honneurs qu'à son gré l'on te rend;
Que pour lui tout soit miel, & que les buissons même
Lui donnent l'amome odorant.

MENALQUE.

Qui ne hait point les vers dont Bavius nous lasse,
Mevius, peut aimer ceux que l'on voit de vous;
Qu'il soit si fou que même il fasse,
Labourer les Renards, traire le lait des Boucs.

DAMETE.

Loin de cueïllir les fleurs, & les fraises naissantes,
Ce fruit sur la terre rempant;
Bergers fuyez d'icy, les herbes fleurissantes
Cachent le dangereux serpent.

MENALCAS.

Parcite oves nimium procedere: non bene ripæ
Creditur: ipse aries etiam nunc vellera siccat.

DAMOETAS.

Tityre pascentes à flumine rejice capellas.
Ipse, ubi tempus erit, omnes in fonte lavabo.

MENALCAS.

Cogite oves pueri: si lac præceperit æstus,
Ut nuper, frustrà pressabimus ubera palmis.

DAMOETAS

Eheu! quam pingui macer est mihi taurus in arvo!
Idem amor exitium est peccori, peccorisque magistro.

MENALCAS.

His certe neque amor causa est: vix ossibus hærent.
Nescio quis teneros oculus mihi fascinat agnos.

DAMOETAS.

Dic quibus in terris (& eris mihi magnus Apollo.)
Tres pateat Cœli spatium non amplius ulnas.

MENALQUE.

Brebis qui sur ces bords allez au pâturage,
N'en approchez pas tant, il n'y fait pas trop bon:
On n'est pas sans danger même sur le rivage;
Le Bélier * du Troupeau seche encor sa toison.

DAMETE.

Tityre pren bien soin qu'en la rive prochaine,
Mes chevres en paissant n'aillent point s'abrever;
Lorsqu'il en sera temps moi-même à la fontaine
Je les iray toutes laver.

MENALQUE.

Renfermez vos Brebis, si la chaleur sur elles,
Se fait sentir, ainsi que naguere elle a fait;
En vain nous tâcherons de presser leurs mammelles,
Bergers, pour en traire du lait.

DAMETE.

Bien qu'aux champs les plus gras mes Taureaux aillent paître,
Sur les os ils n'ont que la peau:
Ah! tout de même que le Maître,
L'amour consume le troupeau.

MENALQUE.

Mes Agneaux de maigreur se soûtiennent à peine,
Sans que des feux d'amour je les voye enflammez:
Je ne sçay quels regards pleins d'envie & de haine,
Me les peuvent avoir charmez.

DAMETE.

Tu passeras chez moy pour le Dieu du Parnasse,
Si tu sçais un endroit dans ce bas élement,
Où de l'azur ** des Cieux, & de leur vaste espace
On voit trois aulnes seulement.

* *Virgile fait allusion à luy-même qui étant poursuivi, se sauva dans une riviere: les deux quatrains qui suivent, font allusion aux Mantoüans qui recherchoient la faveur d'Auguste.*

** *C'est le fonds d'un Puits, ou le haut d'une Cheminée.*

MENALCAS.

Dic quibus in terris inscripti nomina regum
Nascantur flores, & Phyllida solus habeto.

PALÆMON.

Non nostrum inter vos tantas componere lites:
Et vitula tu dignus, & hic, & quisquis amores,
Aut metuet dulces, aut experietur amaros.
Claudite jam rivos pueri, sat prata biberunt.

POLLIO.

ECLOGA IV.

Genethliacon canit Pollioni nato, simul & Augusti laudes Sybillino carmine paulò altius intonat.

SIcelides Musæ, paulò majora canamus:
Non omnes arbusta juvant, humilesque myricæ.
Si canimus sylvas, sylvæ sint consule dignæ.

MENALQUE.

Dî-moy * sur quelles fleurs sont les noms des Monarques ;
Dî quels lieux en sont embellis :
Si tu les connois à ces marques,
Je consens que tout seul tu possedes Philis.

PALEMON.

Je ne puis vous juger, & je laisse à quelqu'autre,
A finir un débat aussi grand que le vôtre ;
Bergers, vous meritez la Genisse tous deux ;
Comme ceux qui sçauront dans l'empire amoureux,
Craindre du Dieu d'amour les douceurs inhumaines,
Ou charmez de leurs maux souffrir toutes ses peines :
Mais c'est assez Bergers, detournez vos ruisseaux ;
Les Prez suffisamment sont abrevez des eaux.

* *Ajax fut changé en une fleur marquée des premieres lettres de son nom appellée Hyacinte.*

POLLION.

ECLOGUE IV.

Virgile applique cette Eclogue à la naissance du fils de Pollion, & lui attribuë ce que la Sibile de Cumes avoit predit de la naissance de JESUS-CHRIST, & chante d'une maniere élevee les loüanges d'Auguste.

O Muses * de Sicile élevons nôtre voix
A des Sujets plus hauts que nos champs & nos bois !
Les humbles arbrisseaux à tous ne sçauroient plaire :
Si pourtant des forêts nous ne pouvons nous taire ;
Chantons d'un ton si haut & les bois & les champs,
Qu'un Consul des Romains daigne entendre nos chants.

* *Les Muses sont dites de Sicile, parce que Theocrite inventeur des Bucoliques étoit de Siracuse en Sicile.*

Ultima Cumæi venit jam carminis ætas.
Magnus ab integro sæclorum nascitur ordo.
Jam redit & Virgo, redeunt Saturnia regna.
Jam nova progenies cœlo demittitur alto.
Tu modò nascenti puero quo ferrea primùm
Desinet, ac toto surget gens aurea mundo,
Casta fave Lucina, tuus jam regnat Apollo.
Teque adeò decus hoc ævi, te Consule inibit
Pollio, & incipient magni procedere menses.
Te duce, si qua manent sceleris vestigia nostri
Irrita perpetua solvent formidine terras.
Ille Deûm vitam accipiet, divisque videbit
Permistos heroas, & ipse videbitur illis,
Paccatumque reget patriis virtutibus orbem.
At tibi prima puer nullo munuscula cultu
Errantes hederas passim cum baccare tellus,
Mistaque ridenti colocasia fundet acantho.
Ipsæ lacta domum referent distenta Capellæ
Ubera: nec magnos metuent armenta leones.
Ipsa tibi blandos fundent cunabula flores,
Occidet & serpens, & fallax herba veneni
Occidet: Assyrium vulgo nascetur amomum.

Enfin voici cet âge en mille biens fertile,
Que nous avoient promis les vers de la Sibile;
Où dans un long repos les siecles écoulez,
Vont pour nôtre bonheur être renouvellez:
Le retour attendu de la divine Astrée,
Nous ramene le temps de Saturne & de Rhée;
Un adorable enfant vient de naître en ces lieux,
Dont la race immortelle est un present des Cieux:
Cet enfant tout divin terminera la guerre,
Et par lui l'âge d'or regnera sur la terre.
Lucine, sois propice à ce Heros naissant,
Déja ton Apollon est icy tout puissant.

Ton heureux Consulat aura cet avantage,
Pollion, de donner l'ornement de cet âge;
Sous ton autôrité commenceront ces jours,
Dont un parfait bonheur suivra bien-tôt le cours;
Si de nôtre malice on voit encor des restes,
On ne craindra plus rien de ses suites funestes.
Il vivra comme un Dieu cet enfant glorieux;
Il verra les Heros mélez avec les Dieux;
Il en sera vû même, & dans la Paix profonde,
Plein des vertus du Pere il regira le monde.

La terre enfant divin, bien-tôt vous fera part
De ses petits presens sans aprêt & sans art,
Du Lierre tortu dont la tige est rampante,
Du Baccare à l'odeur si douce & si charmante,
De la Féve d'Egipte à l'éclat verdoyant,
Et de la branche Ursine au feüillage riant.
Les Chevres aux hameaux le soir s'étant renduës,
Y porteront de lait leurs mammelles tenduës:
Les Haras, les Tàureaux en liberté paissans,
Ne redouteront plus les Lions rugissans;
Et même vôtre couche en fleurs toûjours feconde
En produira pour vous les plus belles du monde.
Tous Serpens periront, tous Simples Veneneux
Prompts à nous decevoir periront avec eux:
Et la terre en leur place odorante & fleurie,
Fera naître par tout l'Amome d'Assirie.

At ſimul heroum laudes, & facta parentis
Jam legere, & quæ ſis poteris cognoſcere virtus:
Molli paulatim flaveſcet campus ariſtâ,
Incultiſque rubens pendebit ſentibus uva,
Et duræ quercus ſudabunt roſcida mella.
Pauca tamen ſuberunt priſcæ veſtigia fraudis
Quæ tentare Thetim ratibus, quæ cingere muris
Oppida, quæ jubeant telluri infindere ſulcos.
Alter erit tum Typhis, & altera quæ vehat Argo
Delectos heroas: erunt etiam altera bella,
Atque iterum ad Trojam magnus mittetur Achilles.
Hinc ubi jam firmata virum te fecerit ætas,
Cedet & ipſe mari vector, nec nautica pinus
Mutabit merces: omnis feret omnia tellus.
Non raſtros patietur humus, non vinea falcem.
Robuſtus quoque jam tauris juga ſolvet arator:
Nec varios diſcet mentiri lana colores.
Ipſe ſed in pratis aries jam ſuave rubenti
Murice, jam croceo mutabit vellera luto.
Sponte ſua ſandyx paſcentes veſtiet agnos.
Talia ſœcla ſuis dixerunt currite fuſis
Concordes ſtabili fatorum numine Parcæ.

Mais quand de vôtre Pere, & de vos grands Ayeux,
Vous pourrez voir écrits les exploits glorieux,
Et que vous sentirez cette divine flame,
Que l'amour des vertus allume dans une ame;
Les Champs seront jaunis du bel or des Moissons,
Le noir Raisin pendra des incultes Buissons:
Le Miel même à travers la dureté des Chesnes,
Ainsi qu'une sueur coulera de leurs veines.
Pour quelque reste encor de nos crimes passez,
A voguer sur les eaux on nous verra poussez:
Thetis aura des Nefs sur ses plaines mobiles;
Encore on donnera des murailles aux Villes;
Encor le soc armé de ses coutres tranchans,
Suivi du Laboureur sillonera les Champs.
Alors d'autres * Typhis sur le sein d'Anfitrite,
Conduiront un Vaisseau plein des Heros d'élite;
Un autre Achille alors pour de nouveaux exploits,
Verra la grande Troye une seconde fois.
Quand vos ans uniront dans le plus beau de l'âge,
La puissance au merite & la force au courage;
La Mer sera deserte, & l'avide Marchand
Ne portera plus rien de l'Aurore au couchant.
De tous les biens épars en divers lieux du monde,
La terre en tous endroits se trouvera feconde:
Le Coutre n'ira plus lui déchirer le sein;
La Vigne sans travail fera couler le Vin;
Le Bouvier aux Taureaux ôtant leur attelage,
Les laissera courir libres du labourage;
Et l'on ne verra plus sur la laine éclater,
Ces couleurs que de l'art on lui voit emprunter.
Mais la peau du Belier sera tantôt parée,
Ou de toison vermeille, ou de toison dorée;
La pourpre d'elle-même ornera les Agneaux:
C'est là ce siécle d'or qu'en roulant leurs fuseaux
Les Parques ont predit à vos belles années,
Sur l'immuable arrêt des hautes Destinées.

* *Typhis étoit le Pilote des Argonautes.*

Aggredere ô magnos (aderit jam tempus) honores ,

Chara deûm soboles , magnum Jovis incrementum :

Aspice convexo nutantem pondere mundum ,

Terrasque , tractusque maris , cœlumque profundum :

Aspice , venturo lætentur ut omnia sæclo.

O mihi tam longæ maneat pars ultima vitæ ,

Spiritus & quantum sat erit tua dicere facta.

Non me carminibus vincet , nec Thracius Orpheus :

Nec Linus, huic mater quamvis, atq; huic pater adsit,

Orphei Calliopea , Lino formosus Apollo.

Pan etiam Arcadiâ mecum si Judice certet ,

Pan etiam Arcadiâ dicat se Judice victum.

Incipe parve puer risu cognoscere matrem :

Matri longa decem tulerunt fastidia menses.

Incipe parve puer : cui non risere parentes ,

Nec deus hunc mensa , dea nec dignata cubili est.

Race de Jupiter, enfant si cher aux Dieux,
Il est temps d'accepter vos emplois glorieux,
Balancé sur son poids considerez le monde,
L'immensité des Cieux, les abîmes de l'Onde;
Voyez comme à l'aspect de ce siecle à venir,
D'aise tout l'Univers ne peut se contenir.
Le Ciel satisfera pleinement mon envie,
Si jusqu'à ce beau siecle il conserve ma vie;
Et s'il me reste assez & de force & de voix,
Pour chanter dignement vos merveilleux exploits;
Je ne crains point qu'alors le Chantre de la Trace,
Enfant de Caliope, en beaux vers me surpasse;
Ni que le grand Linus fils du bel Apollon,
Sur un si haut sujet obscurcisse mon nom.
Si pour me surmonter dans ce noble exercice,
Le Dieu Pan contre moy vouloit entrer en lice,
Quand même l'Arcadie en devroit decider,
Aux yeux de l'Arcadie, il me devroit ceder.
Enfant par un doux ris montrez à vôtre Mere,
Qu'elle vous est connuë, & qu'elle vous est chere;
Commencez: qu'elle oublie avec ses longs dégoûts,
Les maux qu'en sa grossesse elle a souffert pour vous:
Que ce ris, de sa part un soûris vous attire;
Ceux à qui les Parents ne daignent pas soûrire;
Jupiter de sa table à jamais les bannit,
Et Junon pour toûjours leur refuse son lit.

DAPHNIS,

ECLOGA V.

Pastores alternatim in persona Daphnidis, Julii Cæsaris mortem deplorant, & Divinos illi decernunt honores.

MENALCAS.

Cur non, Mopse, boni quoniam convenimus ambo,
Tu calamos inflare leves, ego dicere versus,
Hîc corylis mixtas inter consedimus ulmos?

MOPSUS.

Tu major: tibi me est æquum parere, Menalca:
Sive sub incertas Zephiris motantibus umbras,
Sive antro potius succedimus; aspice ut antrum
Silvestris raris sparsit labrusca racemis.

MENALCAS.

Montibus in nostris solus tibi certet Amyntas.

MOPSUS.

Quid, si idem certet Phœbum superare canendo.

MENALCAS.

Incipe Mopse prior, si quos aut Phyllidis ignes,

DAPHNIS,

ECLOGUE. V.

Deux Bergers déplorent tour à tour ſous le nom de Daphnis la mort de Jule Ceſar tué dans le Senat, & luy deſtinent des honneurs divins.

MENALQUE.

HAbiles l'un & l'autre à former des concerts,
Toy de tes chalumeaux, moy du chant de mes vers,
Mopſe, puiſqu'aujourd'huy le hazard nous aſſemble,
Pourquoy dans ces beaux lieux ne chantons-nous enſemble?
Que ne repoſons-nous ſous les ſombres rameaux
Des coudriers mélez avecque ces ormeaux?

MOPSE.

J'ay moins d'âge que vous, il eſt de la juſtice,
Berger, qu'à vos deſirs je cede & j'obéiſſe;
Soit que ſous ces rameaux que le vent fait trembler,
Ou plûtôt que dans l'antre il vous plaiſe d'aller:
Voyez que tout au tour une vigne ſauvage,
De raiſins clairs ſemez forme un charmant ombrage.

MENALQUE.

Le ſeul Aminte icy peut chanter avec toy.

MOPSE.

Il le diſputeroit à Phebus comme à moy.

MENALQUE

Commence le premier, mon cher Mopſe, & nous chante
De la tendre * Philis l'ardeur impatiente:

* *Cette Philis étoit fille de Licurgue Roy de Trace qui s'étrangla de deſeſpoir & d'impatience, pour le retour de Demophoon ſon amant.*

Aut Alconis habes laudes, aut jurgia Codri:
Incipe: pascentes servabit Tityrus hœdos.

MOPSVS.

Imò hæc, in viridi nuper quæ cortice fagi
Carmina descripsi, & modulans alterna notavi,
Experiar: tu deinde jubeto certet Amyntas.

MENALCAS.

Lenta salix quantum pallenti cedit olivæ,
Puniceis humilis quantum saliunca rosetis:
Judicio nostro tantum tibi cedit Amyntas.

MOPSVS.

Sed tu desine plura puer: successimus antro.
Extinctum Nymphæ crudeli funere Daphnim
Flebant: vos coryli testes? & flumina Nymphis:
Cum complexa sui corpus miserabile nati
Atque Deos, atque astra vocat crudelia mater.
Non ulli pastos illis egere diebus
Frigida Daphni, boves ad flumina: nulla neque amnem
Libavit quadrupes: nec graminis attigit herbam.
Daphni, tuum Pœnos etiam ingemuisse leones
Interitum, montesque feri silvæque loquuntur,
Daphnis & Armenias curru subjungere tigres
Instituit, Daphnis Thiasos inducere Baccho,
Et foliis lentas intexere mollibus hastas.
Vitis ut arboribus decori est, ut vitibus uvæ,
Ut gregibus tauri, segetes ut pinguibus arvis,
Tu decus omne tuis:

D'Alcon* le nom fameux, de Codrus** les travaux;
Tityre cependant gardera les Chevreaux.

MOPSE.

Je vous diray plûtôt cette chanson champêtre
Que je gravois un jour sur l'écorce d'un hêtre;
Et que je distinguai par couplets en chantant:
Puis ordonnez qu'Amynte en vienne faire autant.

MENALQUE.

Ainsi que l'Olivier au Saule l'on prefere,
Et la Rose vermeille à quelque fleur vulgaire;
Au chant d'Amynte ainsi je prefere le tien.

MOPSE.

Mais dans l'antre arrivez, rompons cet entretien.
Les Nymphes dans l'excés d'une douleur mortelle,
Du malheureux Daphnis pleuroient la mort cruelle.
Bois, Fleuves, vous étiez les témoins de leurs cris;
Quand Venus s'élançant sur le corps de son fils,
L'embrassoit tendrement; & plaignant ses desastres,
Appelloit inhumains & les Dieux & les Astres.
Pendant ces tristes jours les Boeufs abandonnez,
Aux pacages voisins ne furent point menez;
S'ils prirent leur pâture au sein de nos Chaumieres,
Nul ne leur fit goûter la fraîcheur des rivieres:
Alors on ne vit point nos Troupeaux languissans
Toucher l'eau des Ruisseaux; ni l'herbage des Champs;
Les Monts, les Bois ont dit que vôtre mort tragique,
Daphnis, fit soûpirer les Lions de l'Affrique.
Bacchus lui doit*** ici ses voeux renouvellez,
Les Tigres d'Armenie à son char attellez.
Des Bacchantes à Rome il amena les danses,
Et mit du pampre au tour de leurs petites Lances.
Aussi ce que la vigne est au pied de l'Ormeau,
A la Souche son fruit, au Bêtail le Taureau,
Les Bleds aux Champs feconds; Daphnis étoit de même
L'ornement des Romains, & leur gloire suprême.

* *Adroit à tirer de l'Arc.* ** *Roy qui mourut pour sa Patrie.*
*** *Jules Cesar fit faire le premier à Rome les Sacrifices qu'on faisoit à Baccus en Armenie.*

postquam te fata tulerunt,
Ipsa Pales agros, atque ipse reliquit Apollo.
Grandia sæpe quibus mandavimus hordea sulcis,
Infelix lolium, & steriles dominantur avenæ.
Pro molli viola, pro purpureo Narcisso,
Carduus, & spinis surgit paliurus acutis.
Spargite humum foliis, inducite fontibus umbras,
Pastores: mandat fieri sibi talia Daphnis.
Et tumulum facite, & tumulo superaddite carmen:
Daphnis ego in silvis, hinc usque ad Sidera notus,
Formosi pecoris custos, formosior ipse.

MENALCAS.

Tale tuum carmen nobis divine Poëta,
Quale sopor fessis in gramine; quale per æstum
Dulcis aquæ saliente sitim restinguere rivo.
Nec calamis solum æquiparas, sed voce magistrum.
Fortunate puer, tu nunc eris alter ab illo.
Nos tamen hæc quocumque modo tibi nostra vicissim
Dicemus, Daphnimque tuum tollemus ad astra:
Daphnim ad astra feremus: amavit nos quoque Daphnis.

MOPSUS.

An quicquam nobis tali sit munere majus?
Et puer ipse fuit cantari dignus, & ista
Jampridem Stimicon laudavit carmina nobis.

MENALCAS.

Candidus insuetum miratur limen Olympi:

Aprés que les Destins l'eurent mis dans les Cieux,
Apollon & Palés deserterent ces lieux.
Depuis, lorsqu'aux sillons on jette la semence,
La malheureuse yvraye y croit en abondance :
Une aveine sterile, une orge foible & vain,
Occupent dans nos champs la place du bon grain.
Où fut la violette, où fut le beau Narcisse,
De ronces, de chardons la terre se herisse.
De rameaux toûjours verds couvrez ce lieu, Pasteurs,
Les fontaines d'ombrage, & la terre de fleurs;
C'est là ce que Daphnis aujourd'huy vous demande;
Ce sont tous les honneurs qu'il prescrit qu'on lui rende:
Et dans ces sombres lieux de feüillage couverts,
Elevez une tombe, & gravez y ces vers.

D'icy jusques aux Cieux Daphnis s'est fait connoître;
Daphnis de ces Forêts le plus bel ornement;
D'un Troupeau tout charmant ce Berger fut le maître:
Mais plus que son Troupeau ce Berger fut charmant.

MENALQUE.

Ce qu'est au Voyageur le sommeil sur l'herbete,
Tes vers le sont pour moy grand & divin Poëte;
Ils sont ce qu'en Esté l'eau fraîche est au Passant,
Dont la soif est éteinte au ruisseau jalissant :
Ce n'est pas à jouër de ta flute champêtre
Qu'on te voit seulement t'égaler à ton maître;
Ta voix vaut bien la sienne, & chacun aujourd'huy,
Te place, heureux Berger, le premier aprés luy.
Mais s'il faut de Daphnis celebrer la memoire,
Par mes vers jusqu'aux Cieux je porteray sa gloire;
J'y porteray Daphnis, dont je t'ay vû charmé,
Ce Daphnis, dont je fus moy-même fort aimé.

MOPSE.

Quoy des vers pour Daphnis! ah me pourroit-on faire
Aucun autre present plus digne de me plaire?
Autrefois Stimichon me les avoit vantez:
Nôtre aimable Daphnis les a bien meritez.

MENALQUE,

Daphnis brillant de gloire admire à son entrée,
De l'Olimpe inconnu la divine contrée;

Sub pedibusque videt nubes, & Sydera Daphnis.
Ergo alacris silvas & cætera rura, voluptas,
Pænàque, Pastorèsque tenet, Dryadàsque puellas;
Nec lupus insidias pecori, nec retia cervis
Ulla dolum meditantur: amat bonus otia Daphnis.
Ipsi lætitiâ voces ad sydera jactant
Intonsi montes: ipsæ jam carmina rupes,
Ipsa sonant arbusta: Deus, Deus ille, Menalca.
Sis bonus, ô fœlixque tuis! en quatuor aras
Ecce duas tibi, Daphni, duòque altaria Phœbo,
Pocula bina novo spumantia lacte quotannis,
Craterasque duos statuam tibi pinguis olivi:
Et multo imprimis hilarans convivia Baccho,
(Ante focum, si frigus erit, si messis in umbra)
*Vina novum fundam calathis * Arvisia nectar.*
Cantabunt mihi Damœtas, & Lyctius Ægon:
Saltantes Satyros imitabitur Alphesibœus.
Hæc tibi semper erunt, & cum solemnia vota
Reddemus Nymphis, & cùm lustrabimus agros.
Dum juga montis aper, fluvios dum piscis amabit:

* *Arvisius ager*, c'étoit une montagne de l'Isle de Chio, où il venoit d'excellent vin.

Il regarde à ses pieds avec des yeux contents
Les nuages obscurs, les Astres éclatans :
Depuis que dans les Cieux ce bonheur l'accompagne,
Le plaisir s'en répand dans toute la campagne :
Une extrême allegresse éclatte dans les cœurs
Des Nymphes, des Sylvains, du Dieu Pan, des Pasteurs.
Le Loup sur les Troupeaux n'assouvit plus sa rage :
Les ruses du Chasseur ne sont d'aucun usage :
Pour surprendre le Cerf on ne tend plus de rets ;
Daphnis, l'heureux Daphnis veut que tout soit en paix.
Les Monts couvert de bois poussent des cris de joye ;
Le Rocher le plus dur au Ciel même en envoye ;
Tout jusqu'aux arbrisseaux fait entendre en ces lieux :
Daphnis, le grand Daphnis est au nombre des Dieux.
Dans cet heureux état qui vous rend adorable,
Aux cœurs qui sont à vous montrez-vous favorable :
De quatre Autels que j'ay, deux portent vôtre nom ;
Les deux autres, Daphnis, sont faits pour Appollon :
Vous aurez tous les ans deux pots d'un lait qui mousse,
Et deux vases remplis de l'huile la plus douce.
Sur tout en abondance on y boira du vin,
Le plaisir de la table est l'ame du festin :
Ce sera prés du feu pendant l'aspre gelée,
A l'ombre dans l'Esté sous la verte feüillée :
J'arroseray l'Autel d'un vin delicieux,
En bonté comparable au brevage des Dieux ;
Alors le Grec Egon & le Berger Damete
Egayeront nos vœux par quelque chansonnete :
Alfesibée encore y viendra s'exercer
A danser comme on voit les Satyres danser.
Ces jeux seront pour vous de durée éternelle,
Et sa pompe rustique en sera solemnelle ;
Lorsque dans les hameaux aux Nymphes de nos champs,
Nous rendrons les honneurs qu'on leur rend tous les ans ;
Et qu'avec la victime à nôtre accoûtumée,
Nous irons tout autour de la terre semée.
Tant que le Sanglier aimera les côteaux,
Que le Poisson errant se plairra dans les eaux,

Dùmque thimo pascentur apes, dum rore cicadæ:

Semper honos, nomenque tuum, laudesque manebunt,

Ut Baccho, Cererique, tibi sic vota quotannis

Agricolæ facient: damnabis tu quoque votis.

MOPSUS.

Quæ tibi, quæ tali reddam pro carmine dona?

Nam neque me tantum venientis sibilus Austri,

Nec percussa juvant fluctu tam littora, nec quæ

Saxosas inter decurrunt flumina valles.

MENALCAS.

Hac te nos fragili donabimus ante cicuta.

Hæc nos, formosum Corydon ardebat Alexim:

Hæc eadem docuit, cujum pecus? an Melibœi?

MOPSUS.

At tu sume pedum (quod me cùm sæpe rogaret,

Non tulit Antigenes: & erat tum dignus amari.)

Formosum paribus nodis, atque ære, Menalca.

[illegible] des [illegible]
La Cigale des pleurs qu'a répandu l'Aurore ;
Autant votre mémoire & votre nom vivront ;
Et dans tous nos Hameaux vos honneurs dureront.
Comme les Laboureurs font des voeux chaque année ;
A Cerés, à Bacchus, pour l'avoir fortunée ;
De même tous les ans ils vous feront des voeux ;
Vous les y forcerez en les rendant heureux.

M O P S E.

Comment recompenser ce que je viens d'entendre ?
Que feray-je pour vous ? que pourray-je vous rendre ?
Vos vers flattent l'oreille avec tant d'agrément,
Qu'un Zephir doux & frais n'a rien d'aussi charmant ;
Leur beauté, leur douceur me plaisent davantage,
Que les flots de la mer qui battent un rivage ;
Et l'onde qui gazouille à travers les cailloux,
Coule dans les valons un murmure moins doux.

M E N A L Q U E.

C'est ma flute plutôt qu'il faut que je te donne ;
C'est elle à qui je dois tous les airs que j'entonne ;
Sur elle je chantay *les aimables soucis,*
Du Berger Corydon pour la belle Alexis. 2. Eglo-
J'appris encor sur elle à chanter cette Eglogue, gue.
Où Menalque en ces vers commence un dialogue :
A quel Maître appartient le troupeau que je vois ? 3. Eglo-
Damete, n'est-il pas à quelqu'autre qu'à lui ? gue.

M O P S E.

Recevez ma houlette, elle est si bien armée,
Et de cent petits noeuds également semée ;
Antigene souvent tacha de l'obtenir ;
Mais quoyqu'il fut aimable, il n'y pût parvenir.

SILENUS,

EGLOGA VI.

Epicurea Secta describitur, inducitur Silenus cum Satyris temulentus.

Prima Syracusio dignata est ludere versu
Nostra, nec erubuit sylvas habitare Thalia.
Cum canerem Reges & prælia, Cynthius aurem
Vellit, & admonuit: Pastorem, Tityre, pingues
Pascere oportet oves, deductum dicere carmen.
Nunc ego (namque super tibi erunt, qui dicere laudes
Vare tuas cupiant, & tristia condere bella)
Agrestem tenui meditabor arundine musam.
Non injussa cano: si quis tamen hæc quoque, si quis
Captus amore leget, te nostræ, Vare, myricæ,
Te nemus omne canet: nec Phœbo gratior ulla est,
Quam sibi quæ Vari præscripsit pagina nomen.
Pergite Pierides: Chromis & Mnasylus in antro
Silenum pueri somno videre jacentem,
Inflatum hesterno venas, ut semper, Iaccho,
Serta procul tantum capiti delapsa jacebant,
Et gravis attrita pendebat cantharus ansa.
Aggressi (nam sæpe senex spe carminis ambos
Luserat) injiciunt ipsi ex vincula sertis.

SILENE,

SILENE,

EGLOGUE VI.

Le Poëte d'écrit ici la Secte des Epicuriens en sa personne de SILENE qu'il represente noïé dans le vin, avec deux Satyres.

LE premier en ces lieux j'ai fait dire à ma Muse,
Les airs de ce Berger qu'on doit à Siracuse.
D'habiter les forêts elle ne rougit pas;
Phebus, quand je chantois les Rois & les combats,
Me tira par l'oreille, & me tint ce langage:
Tityre à ton troupeau cherche un bon pâturage;
Occupé seulement du soin de l'engraisser,
A l'Eglogue champêtre il te faut abbaisser.
J'obéis: je medite un chant doux & rustique;
Tandis, qu'aïant en main la trompéte heroïque,
Assez d'autres voudront celebrer tes hauts-faits,
Varus, tes grands combats & leurs tristes effets.
Qui prendra du plaisir à lire mes ouvrages,
Entendra de ton nom retentir nos boccages;
Le chant que Phebus aime & qui lui plaît le plus,
Est celui dont le tître a le nom de Varus.
Muses continuez toûjours d'un même style.
Silene fut trouvé par Cromis & Mnasile,
Endormi dans un antre, où l'on le voit souvent,
Enflé du vin qu'il beut le jour d'auparavant.
De sa tête il avoit laissé choir la guirlande,
Et de sa main pendoit sa tasse usée & grande.
Ils vont droit au Vieillard qui s'étoit moqué d'eux,
Qui leur promit des vers, & les trompa tous deux.
Ils se rendent soudain maîtres de sa personne,
Et lui font des liens de sa propre couronne.

Addit se socium, timidisque supervenit Egle,
Egle Naïadum pulcherrima: jamque videnti
Sanguineis frontem moris, & tempora pingit.
Ille dolum ridens, quò vincula nectitis? inquit.
Solvite me pueri: satis est potuisse videri.
Carmina, quæ vultis, cognoscite, carmina vobis:
Huic aliud mercedis erit; simul incipit ipse:
Tum verò in numerum Faunosque ferasque videres
Ludere: tum rigidas motare cacumina quercus.
Nec tantùm Phœbo gaudet Parnassia rupes:
Nec tantùm Rhodope miratur, & Ismarus Orphea.
Namque canebat, uti magnum per inane coacta
Semina, terrarumque animæque marisque fuissent,
Et liquidi simul ignis: ut his exordia primis
Omnia, & ipse tener mundi concreverit orbis.
Tum durare solum, & discludere Nerea ponto
Cœperit, & rerum paulatim sumere formas.
Jamque novum ut terræ stupeant lucescere solem,
Altiùs atque cadant submotis nubibus imbres.
Incipiant sylvæ cùm primùm surgere, cùmque
Rara per ignotos errent animalia montes.
Hinc lapides Pyrrhæ jactos, Saturnia regna,
Caucaseasque refert volucres, furtumque Promethei:

Eglé cette Nayade, Eglé faite à charmer
Les joint tremblans de peur, & vient les animer.
Il s'éveille, & voïant que la Nymphe se joüe
A rougir d'une mûre & son front & sa joüe,
Il rit: vous me liez, dit-il, deliez moi;
C'est assez de me voir, enfans, où je me voi.
Les vers promis sont dûs à vôtre impatiance,
Les voici; j'ai pour elle une autre récompense.
Sur l'heure avec tant d'art on l'oüit commencer,
Qu'on vit les animaux & les Faunes danser.
Les Chênes les plus durs, leurs troncs les moins flexibles
Par leurs faits mouvans semblent être sensibles;
Jamais il ne parut dans le sacré valon,
Tant d'amour, tant de joïe au retour d'Apollon;
Et jamais les rochers de Rodope, & d'Ismare,
N'ont vû du tems d'Orphée un spectacle si rare.
Aussi leur chantoit-il, comme dans le cahos,
Informe & tenebreux tout fut jadis enclos:
Comment des petits corps * assemblés dans le vuide,
Se fit la terre, l'eau, l'air & le feu liquide;
Comme ils donnerent l'être à tant d'êtres divers;
Par quels moïens s'acrût le naissant univers;
Comment la terre prit sa ferme consistance,
Et retira les flots de l'Ocean immense;
Comme insensiblement le monde étant formé,
Fût d'un nouveau Soleil & surpris & charmé;
Quelle puissance en l'air éleva les nuages,
En fit tomber la pluïe, y forma les orages;
Quand les bois commençoient de pousser des rameaux;
Quand aux monts inconnus erroient peu d'animaux.
Il chante l'heureux tems de la saison dorée,
Par le jet des cailloux la terre reparée;
Pour quel vol Promethée eut toûjours à ses flancs,
Sur le Caucase affreux des Vautours dévorans;

* *Les Epicuriens disoient que le monde avoit été formé d'atomes.*

His adjungit Hylam, nautæ quo fonte rellictum,
Clamassent: ut littus Hyla, Hyla, omne sonaret;
Et fortunatam si nunquam armenta fuissent,
Pasiphaen nivei solatur amore juvenci.
Ah virgo infelix! quæ te dementia cepit?
Prœtides implerunt falsis mugitibus agros,
At non tam turpes pecudum tamen ulla secuta est
Concubitus; quamvis collo timuisset aratrum,
Et sæpè in levi quæsisset cornua fronte.
Ah virgo infelix! tu nunc in montibus erras,
Ille latus niveum molli fultus hyacintho,
Ilice sub nigrâ pallentes ruminat herbas,
Aut aliquam in magno sequitur grege. Claudite Nymphæ]
Dictææ Nymphæ nemorum jam claudite saltus:
Si qua fortè ferant oculis sese obvia nostris
Errabunda bovis vestigia, forsitan illum
Aut herbâ captum viridi, aut armenta secutum,
Perducant aliquæ stabula ad Cortynia vaccæ. *
Tum canit Hesperidum miratam mala puellam;
Tum Phaëtontiadas musco circumdat amaræ
Corticis, atque solo proceras erigit alnos.
Tum canit errantem Permessi ad flumina Gallum,
Aonios in montes ut duxerit una sororum;
Utque viro Phœbi chorus assurrexerit omnis;

* Les pâturages de Cortine Ville de Crete étoient excellens.

Il chante encor Hylas, & marque la fontaine,
Où d'Hylas egaré les Matelots en peine
L'appelloient par ſon nom & ne le trouvant pas,
Faiſoient à tous les bords redire Hylas, Hylas.
De Paſiphaé même il leur conta la Fable:
Et pour un Taureau blanc ſon amour déplorable:
Son ſort auroit été plus heureux & plus beau,
Si jamais ſur la terre on n'eût vû de Taureau.
Quelle manie, helas! Princeſſe malheureuſe,
Fait naître dans ton cœur cette flamme honteuſe?
Les Prétides ont fait de faux mugiſſemens;
Mais nulle n'a cherché de tels accouplemens:
L'erreur de leurs eſprits aïant trompé leur vûë,
Chacune ſe crût Vache & craignit la charuë;
Et ſans que leur beau Sexe eût reçû cét affront
Souvent elles cherchoient les cornes ſur leur front.
Princeſſe que par tout le malheur accompagne,
Tu cours pour un Taureau de montagne en montagne,
Quand couché ſur des fleurs, peut-être ton Amant
Au pied d'un chêne ombreux repoſe doucement,
Se nourrit à loiſir des herbes qu'il remache,
Te donne une rivalle en aimant quelque Vache.
Nymphes fermez vos bois, & voïez dans ces lieux
S'il paroît d'un Taureau quelque trace à vos yeux:
Peut-être qu'atiré par un gras pâturage,
Il s'eſt joint en paſſant aux Bœufs du voiſinage;
Où ce Taureau changeant épris d'un autre amour,
Pourſuit une Geniſſe aux hameaux d'alentour.
Il dit comme Attalante, aprés tant d'homicides,
Fut charmée à la fin du fruit des Heſperides;
Des Sœurs de Phaéton fait voir les corps changez
D'écorce revétus, en arbres alongez;
Chante Gallus errant ſur les bords du Permeſſe; *
Comme pour l'éveiller une Muſe s'empreſſe,
Le mene ſur le Pinde, où dés qu'on l'apperçoit,
Le Parnaſſe aſſemblé ſe leve, & le reçoit.

* *Le Permeſſe eſt un Fleuve qui prend ſa ſource au Mont Parnaſſe.*

Ut Linus hæc illi divino carmine Pastor
Floribus, atque apio crines ornatus amaro,
Dixerit: hos tibi dant calamos (en accipe) Musæ,
** Ascreo quos ante seni, quibus ille solebat*
Cantando rigidas deducere montibus ornos.
His tibi ¶ Grynæi nemoris dicatur origo:
Ne quis sit lucus, quo se plus jactet Apollo.
Quid loquar aut Scillam Nisi? quam fama secuta est,
Candida succinctam latrantibus inguina monstris,
§ Dulichias vexasse rates & gurgite in alto,
Ah timidos nautas canibus lacerasse marinis!
Aut ut mutatos Terei narraverit artus?
Quas illi Philomela dapes? quæ dona pararit?
Quo cursu deserta petiverit & quibus antè
Infelix sua tecta supervolitaverit alis?
Omnia quæ, Phœbo quondam meditante, beatus,
Audiit Eurotas, jussitque ediscere lauros,
Ille canit: pulsæ referunt ad sydera valles:
Cogere donec oves stabulis numerumque referre
Jussit, & invito processit vesper Olympo.

* Hesiode étoit natif d'Ascre Ville de Beotie.
¶ Le Bois Grinée étoit prés d'un temple d'Apollon.
§ Ulisse étoit natif de l'Isle de Dulichium.

Comment d'herbe & de fleurs Linus ornant sa tête,
Et plein de ce beau feu qui fait un grand Poëte,
Lui dit: des doctes Sœurs reçoi ces chalumeaux,
Hesiode sur eux joüa des airs si beaux,
Que leur charme puissant fit descendre les frênes,
Du sommet de nos monts, dans le sein de nos plaines;
Di comment se forma le Grinée autre fois;
Mais si bien qu'Apollon ne vante que ce bois.
Dirai-je qu'il chanta cette Scille fameuse,
La fille de Nisus qui sur l'onde écumeuse,
Elevant son grand corps, femme encor jusques aux flancs.
Et ceinte tout au tour de monstres aboïans,
Fit à ses chiens marins un sanglant sacrifice,
Des timides nochers des navires d'Ulysse?
Comment on vit Terée en Hupe se changer;
Quels mets par son épouse il reçût à manger;
Mets cruels, preparez par sa Sœur Philomele;
Comme il prit aux deserts une route nouvelle;
Sous quel plumage avant qu'on le vit s'en aller,
Malheureux sur ses toits il vint encor voler.
Enfin ce que * l'Eurote eût le bonheur d'entendre,
Qu'à ses propres Lauriers Apollon fit apprendre,
Silene le chantoit. Frapez de ses chansons,
Les valons dans les airs renvoïerent les sons:
Quand l'Astre dont le feu sur le soir nous éclaire,
Sembla contre son gré monter sur l'hemisphere,
Obligea les Pasteurs de compter leurs troupeaux,
Et d'aller ramener les Brebis aux hameaux,

* *Le Fleuve Eurote en Sparte étoit bordé de lauriers.*

MELIBOEUS.

EGLOGA VII.

Contentionem duorum Pastorum habet: Amatoria est.

MELIBOEUS.

Fortè sub arguta consederat ilice Daphnis,
Compulerantque greges Corydon & Thyrsis in unum;
Thyrsis oves, Corydon distentas lacte Capellas;
Ambo florentes ætatibus, Arcades ambo,
Et cantare pares, & respondere parati.
Hic mihi, dum teneras defendo à frigore myrtos,
Vir gregis ipse caper deerraverat: atque ego Daphnim
Aspicio: ille ubi me contra videt; ocyus, inquit,
Huc ades, ô Melibœe (caper tibi salvus & bœdi)
Et si quid cessare potes, requiesce sub umbrâ.
Huc ipsi potum venient per prata juvenci:
Hîc viridis tenerâ prætexit arundine ripas
Mincius, éque sacrâ resonant examina quercu.
Quid facerem?

neque

MELIBÉE

EGLOGUE VII.

Il rapporte la dispute de deux Bergers qui chantent des vers à l'envi l'un de l'autre. Cette Eglogue est douce & tendre.

MELIBÉE.

DAPHNIS étoit un jour assis au pied d'un chêne;
Que le vent agitoit de sa bruïante halene:
Coridon & Thirsis y passoient en commun,
Et mélant leurs troupeaux de deux n'en faisoient qu'un;
Thirsis y nourrissoit ses Brebis innocentes,
Et Coridon en lait ses Chevres abondantes:
Tous les deux d'Arcadie en la fleur de leurs ans,
Egaux à bien chanter, & préts sur tous les chants.
Tandis que des hyvers je tâchois à défendre,
De nos myrthes naissans, l'écorce jeune & tendre:
Je prends garde qu'un Bouc n'est plus dans mon troupeau,
Celui que, de mes Boucs, j'estimois le plus beau:
Je voi de loin Daphnis qui m'aperçoit, & crie,
Hola! hé Melibé, avance je te prie,
Ton Bouc & tes Chevreaux sont trouvez, les voici.
Si tu peux arrêter, viens reposer ici:
Le long des prez fleuris sous ce charmant ombrage,
D'eux-mémes les Taureaux viendront boire au rivage;
Où le doux Mincio couronné de roseaux, *
Sur un lit verdoïant roulle ses claires eaux;
L'Abeille dans ce lieu bourdonne sur un chêne,
Que faire en ce moment? je me voi bien en peine,

* *Le Mincio, Fleuve qui passe à Mantouë.*

neque ego Alcippem, nec Phyllida habebam;
Depulsos à lacte domi quæ clauderet agnos.
Et certamen erat, Corydon cum Tyrside, magnum.
Posthabui tamen illorum mea seria ludo.
Alternis igitur contendere versibus ambo
Cœpère, alternos Musæ meminisse volebant.
Hos Corydon, illos referebat in ordine Thyrsis.

CORYDON.

*Nimphæ, noster amor, * Libethrides, aut mihi carmen,*
Quale meo Codro, concedite (: proxima Phœbi
Versibus ille facit) aut, si non possumus omnes,
Hic arguta sacrâ pendebit fistula pinu.

THYRSIS.

Pastores hederâ crescentem ornate Poëtam
Arcades, invidiâ rumpantur ut ilia Codro.
Aut si ultra placitum laudarit, baccare frontem
Cingite, ne vati noceat mala lingua futuro.

CORYDON.

Setosi caput hoc apri tibi, Delia, parvus,
Et ramosa Mycon vivacis cornua cervi:
Si proprium hoc fuerit, levi de marmore tota
Puniceo stabis suras evincta cothurno.

THYRSIS.

Sinum lactis, & hæc te liba, Priape, quotannis
Expectare sat est: custos es pauperis horti.
Nunc te marmoreum pro tempore fecimus: at tu,
Si fœtura gregem supleverit, aureus esto.

* Libetra, Fontaine dediée aux Muses.

Sans Alcipe & Philis, comment aller ſerrer
Chez nous mes chers Aigneaux que je viens de ſevrer,
Auprés de deux Bergers un grand debat m'apelle,
C'eſt à qui chantera la chanſon la plus belle,
Je prefere leurs jeux à mes ſoins importans,
Par des vers tour-à-tour ils commencent leurs chants;
Les Muſes veulent bien tour-à-tour les entendre,
L'un finit ſa chanſon, l'autre aime à la reprendre.

CORYDON.

Doctes Sœurs dont l'amour ſur tout autre me plaît,
Inſpirez-moy des vers tels que Codrus les fait,
Codrus eſt preſque égal au Maître du Parnaſſe,
Si je ne puis de vous meriter cette grace,
Je vai me retirer confus deſeſperé,
J'apands ma flute au Pin dont le bois eſt ſacré.

THYRSIS.

Couronnez de lierre une Muſe naiſſante,
Bergers, faites ſi bien que Codrus le reſſente,
Et qu'il creve à nos yeux d'envie & de dépit,
S'il me loüe un peu trop dans tout ce qu'il écrit*
Joignez y le Bacchare, afin que cette injure
Ne puiſſe jamais nuire à ma gloire future.

CORYDON.

Diane recevez du jeune & cher Micon,
Le grand bois d'un vieux Cerf, & cette hure en don,
Si je pouvois un jour obtenir cette grace,
D'être comme Codrus la gloire du Parnaſſe,
Je vous ferois en grand du marbre le plus beau,
Avec le brodequin de couleur de ponçeau.

THYRSIS.

Priape attend du lait, & des pains chaque année,
De mon petit jardin la garde t'eſt donnée,
Je t'ay fait ſeulement de marbre, mais encor,
Si mon troupeau s'acroit, je te ferai tout d'or.

* *Il y avoit une ſorte de ſorcellerie qui ſe faiſoit en donnant des loüanges exceſſives à celui qu'on vouloit enſorceler.*

CORYDON.

Nerine Galatea, thymo mihi dulcior Hyblæ,
Candidior cygnis, hederâ formosior albâ:
Cùm primum pasti repetent præsepia tauri,
Si qua tui Corydonis habet te cura, venito.

THYRSIS.

Immo ego Sardois videar tibi amarior herbis,
Horridior rusco, projecta vilior alga,
Si mihi non hæc lux toto jam longior anno est.
Ite domum pasti, si quis pudor, ite juvenci.

CORYDON.

Muscosi fontes, & somno mollior herba,
Et quæ vos rarâ viridis tegit arbutus umbrâ,
Solstitium pecori defendite: jam venit æstas
Torrida, jam læto turgent in palmite gemmæ.

THYRSIS.

Hic focus & tædæ pingues: hîc plurimus ignis
Semper, & assidua postes fuligine nigri.
Hic tantùm Boreæ curamus frigora, quantùm
Aut numerum lupus, aut torrentia flumina ripas.

CORYDON.

Stant & juniperi, & castaneæ hirsutæ:

CORYDON.

Nerine Galatée, adorable merveille,
Dont l'amour m'est plus doux que le thim à l'abeille,
On vous voit surpasser les Cignes en blancheur,
La rose a moins que vous d'éclat & de fraicheur,
Aprés que les Taureaux seront venus de paître,
Qu'ils auront regagné leur demeure champêtre:
Si je suis digne encor de vos soins les plus doux,
Venez voir Coridon, qui n'aime rien que vous.

THYRSIS.

Je serois à vos yeux trop aimable Bergere,
Ce qu'est à vôtre goût l'herbe la plus amere,
Vous me fuiriez toûjours comme un houx épineux,
Et comme un vil present vous recevriez mes vœux;
Si prenant pour vous voir la fin de la journée,
Celle-ci ne m'est pas plus longue qu'une année:
Taureaux si vous m'aimez, hâtez vôtre retour,
Et je verrai plûtôt l'objet de mon amour.

CORYDON.

Belles & claires eaux qui coulez sur la mousse,
Herbe pour le sommeil si commode & si douce,
Et vous qui les couvrez aimables arbrisseaux:
De la chaleur du jour defendés nos troupeaux,
Voici l'Esté brûlant, la vigne qui bourgeonne,
Promet déja le fruit que doit donner l'Automne.

THYRSIS.

Les bois & les foyers ne manquent pas ici,
De feux continuels le plancher est noirci,
Nous n'y craignons pas plus une bise fâcheuse,
Qu'un Loup craint des Agneaux la troupe trop nombreuse,
Ou qu'un fleuve rapide en ses plus grands efforts,
Craint de pousser son onde au-delà de ses bords.

CORYDON.

Ici croit le genievre à la graine odorante,
Le marron montre ici son écorce picquante,

Strata jacent passim sua quæque sub arbore poma;

Omnia nunc rident, at si formosus Alexis

Montibus his abeat, videas & flumina sicca.

THYRSIS.

Aret ager, vitio moriens sitit aëris herba:

Liber pampineas invidit collibus umbras.

Phyllidis adventu nostræ nemus omne virebit:

Jupiter & læto descendet plurimus imbri.

CORYDON.

Populus Alcidæ, gratissima vitis Iaccho:

Formosæ myrtus Veneri, sua laurea Phœbo.

Phyllis amat corylos: illas dum Phyllis amabit,

Nec myribus vincet corylos, nec laurea Phœbi.

THYRSIS.

Fraxinus in sylvis pulcherrima, pinus in hortis,

Populus in fluviis, abies in montibus altis:

Sæpiùs at si me, Lycida formose, revisas;

Fraxinus in sylvis cedat tibi, pinus in hortis.

MELIBOEUS.

Hæc memini, & victum frustrà contendere Thyrsim

Ex illo Corydon, Coridon est tempore nobis.

Dans le milieu des champs, on voit de toutes parts
Les fruits delicieux sous leurs arbres épars,
Alexis est ici, tout rit dans la campagne;
Mais si ce beau Berger quittoit nôtre montagne,
On verroit en deserts changer ces lieux fleuris,
Les arbres languissans & les fleuves taris.

THYRSIS.

Dans nos champs alterés tout est déja sans vie,
L'air brûle, l'herbe seche, & Bacchus plein d'envie
Ravit à nos couteaux jadis rians & verds,
Les pampres fleurissans dont ils étoient couverts,
Mais tout va reverdir si Philis se presente,
Et nous verrons le Ciel fondre en pluye abondante.

CORYDON.

Bacchus aime la vigne, Alcide un peuplier;
Venus cherit le myrthe, Apollon le laurier,
Les tendres Coudriers à Philis ont sçû plaire,
Au laurier comme au myrthe il faut qu'on les prefere.

THYRSIS.

Le frene dans les bois est l'arbre le plus beau,
Le pin dans les jardins, le peuplier dans l'eau,
Le sapin sur les monts; mais si ta complaisance
Licidas, m'honoroit souvent de ta presence,
Ta presence à mes yeux plairoit mieux mille fois,
Que le pin aux jardins, & que le frene aux bois.

MELIBE'E

Je ne sçai que ces vers, & que loin de se rendre
En vain Thircis vaincu tâchoit de se défendre;
Depuis que tant de gloire accompagne son nom,
Corydon parmi nous est le grand Corydon.

PHARMACEUTRIA

ECLOGA VIII.

Habet duas partes, prior conquestionem: posterior veneficia continet. Theocritea est.

DAMON. ALPHESIBOEUS.

PAstorum Musam Damonis & Alphesibæi,
Immemor herbarum quos est mirata juvencæ
Certantes, quorum stupefactæ carmine lynces,
Et mutata suos requierunt flumina cursus:
Damonis musam dicemus & Alphesibœi.
Tu mihi, seu magni superas jam saxa Timavi,
Sive oram Illyrici legis æquoris, en erit unquam
Ille dies, mihi cùm liceat tua dicere facta?
En erit ut liceat totum mihi ferre per orbem
Sola Sophocleo tua carmina digna cothurno?
A te principium, tibi desinet. Accipe jussis
Carmina cœpta tuis: atque hanc sine tempora circùm
Inter victrices hederam tibi serpere lauros
Frigida vix cœlo noctis decesserat umbra,
Cum ros in tenera pecori gravissimus herba est:
Incumbens tereti Damon, sic cœpit, olivæ.

LA MAGICIENNE.

EGLOGUE VIII.

Cette Eglogue contient deux parties, dans la premiere le Poëte décrit un Berger desesperé de se voir abandonné de sa maitresse qui en avoit épousé un autre. Et dans la seconde il represente une Magicienne qui tâche par ses enchantemens de ramener son Amant qui la méprisoit.

DAMON ALPHESIBE'E.

Nous chanterons les Vers que deux Bergers chanterent,
Qu'avec tant de plaisir leurs Troupeaux écouterent,
Qu'autour de ces Bergers les Troupeaux en suspens
Oublierent de paitre en admirant leurs chants.
Les plus fiers Animaux & les plus indociles
Saisis d'étonnement resterent immobiles,
Les Fleuves sur leurs bords arrêterent leurs cours
Disons de ces Bergers les Vers & les amours.
Soit qu'on te voïe encore aux Rochers de l'Hisrie
Ou raser en passant la Côte d'Illirie:
Invincible Guerrier, ne pourrai-je jamais
Tracer l'illustre cours de tes merveilleux faits?
Porter dans l'Univers ton nom & ta memoire,
Seuls dignes que Sophocle en celebre la gloire,
César, commencement & fin de mes écrits
Daigne accepter ceux-cy par ton ordre entrepris;
Permets que de Lierre une simple Couronne,
Rampe au tour des Lauriers que ta valeur te donne.
Dans le tems que la nuit avoit quité les Cieux,
Que les Prés aux Troupeaux sont plus delicieux,
Que la douce rosée y rend l'herbe plus tendre
Au pié d'un Olivier Damon se fit entendre.

DAMON.

Nascere, præque diem veniens age Lucifer almum,
Conjugis indigno Nisæ deceptus amore
Dum queror & divos, quanquam nil testibus illis
Profeci, extrema moriens tamen alloquor hora.
Incipe Mænalios mecum, mea tibia, versus.

Mænalus argutúmque nemus, pinósque loquentes
Semper habet, semper pastorum ille audit amores,
Panaque, qui primus calamos non passus inertes.
Incipe Mænalios mecum, mea tibia versus.

Mopso Nisa datur: quid non speremus amantes?
Jungentur jam gryphes equis, ævoque sequenti
Cum canibus timidi venient ad pocula damæ.
Mopse novas incide faces: tibi ducitur uxor.
*Sparge * marite nuces: tibi deserit Hesperus OEtam.*
Incipe Mænalios mecum, mea tibia, versus.

O digno conjuncta viro! dum despicis omnes,
Dúmque tibi est odio mea fistula, dùmque capellæ,
Hirsutúmque supercilium, prolixáque barba:
Nec curare deûm credis mortalia quenquam.
Incipe Mænalios mecum, mea tibia versus.

Sepibus in nostris parvam te roscida mala;
Dux ego vester eram) vidi cum matre legentem:

* * Les nouveaux mariés jettoient des noix aux Enfans pour faire voir qu'ils renonçoient aux bagatelles.

* Æta mon de Thessalie.

DAMON.

Astre qui du Soleil annoncés le retour
Hâtés-vous, ramenés la lumiere du jour
Tandis que je me plains de Nise l'infidelle
Dans le fatal moment que j'expire pour elle
Je viens me plaindre aux Dieux implorez vainement,
Inutiles témoins de mon cruel tourment.
Rendés donc, ma Musette, une harmonie égale
Aux doux Airs qu'on entend dans le bois de Ménale *
Ménale a des Forets, qui raisonnent toûjours,
Qui ne font qu'écouter, & dire nos amours,
Pan qui des Chalumeaux trouva jadis l'usage,
A voulu que ces bois aprenent ce langage
Commencés ma Musette, & chantés nous des airs
Qui des bois de Ménale égalent les concerts.
Quoi! Mopse dans ce jour sera l'Epoux de Nise
A cét heureux rival ma Bergere est promise
Rien ne doit nous surprendre aprés ces changemens
Les Grifons vont bien-tôt s'acoupler aux Jumens,
Tout deviendra possible, & le Daim dans la suite
Beuvant avec le chien ne prendra plus la fuite;
Mopse pour ton Epouse alume des flambeaux
L'Astre qui fait les jours, est déja sous les eaux
Viens pour la recevoir, la voici qui s'avance
Devenu son Epoux fuis les jeux de l'enfance,
Commencés ma Musette, & dites nous des Airs
Qui des bois de Ménale égalent les concerts.
O de ce digne Epoux épouse sans seconde
On ta veuë en ces lieux mépriser tout le monde,
Mais quand tu haïs ma flute, & mes chévres aussi,
Mes gros sourcis, mon poil sous ma lévre épaissi,
Crois tu bien que les Dieux voiant ton arrogance
Et touchés de mes maux, n'en prenent pas vengeance?
Commencés ma Musette & chantés nous des Airs
Qui des bois de Ménale égalent les Concerts.
Toute petite encor tu me sceus trop-bien plaire
Cueïllant dans mon jardin du fruit avec ta mere:

* *Ménale Montagne d'Arcadie.*

Alter ab undecimo tum me jam ceperat annus.
Iam fragiles poteram à terra contingere ramos.
Ut vidi, ut perii, ut me malus abstulit error.
Incipe Mænalios mecum, mea tibia, versus.
Nunc scio quid sit amor, duris in cotibus illum,
Ismarus, aut Rhodope, aut extremi Garamantes
Nec nostri generis puerum, nec sanguinis edunt
Incipe Mænalios mecum, mea tibia, versus,
Sævus amor docuit natorum sanguine matrem
Commaculare manus, crudelis tu quoque mater:
Crudelis mater magis, an puer improbus ille?
Improbus ille puer crudelis tu quoque mater:
Incipe Mænalios mecum, mea tibia, versus.
Nunc & oves ultrò fugiat lupus: aurea duræ
Mala ferant quercus: narcisso floreat alnus:
Pinguia corticibus sudent electra myricæ,
Certent & cygnis ululæ: sit Tityrus Orpheus:
Orpheus in sylvis, inter Delphinas Arion.
Incipe Mænalios mecum, mea tibia, versus.
Omnia vel medium fiant mare: vivite sylvæ.
Præceps aërii specula de montis in undas
Deferar: extremum hoc munus morientis habeto.
Desine Mænalios, jam desine, tibia, versus.

Je n'avois que douze ans lorsque je t'y menois,
Aux rameaux les plus bas à peine j'ateignois,
J'eux pour toi dés cette heure une tendresse extréme,
Helas ! j'étois le guide, & m'égarai moi-même,
Commencés ma Musette, & chantés nous des Airs
Qui des bois de Ménale égalent les concerts.

Je connois maintenant l'amour & sa puissance,
Les Rochers les plus durs luy donnerent naissance,
Insensible comme eux ce Dieu n'a rien de doux,
Ce n'est pas un enfant qui soit fait comme nous,
Rendés donc ma Musette une harmonie égale
Aux doux airs qu'on entend dans le bois de Ménale.

Medée aprit de luy ces Actes inhumains,
Quand du sang de ses fils, elle souïlla ses mains
Qui fut le plus cruel, ou de l'amour ou d'elle,
Amour tu fus cruel, mere tu fus cruelle,
Commencés ma Musette & dites nous des Airs
Qui des bois de Ménale égalent les concerts.

Qu'à l'aspect des Brebis le Loup prene la fuite
Que par le Chêne verd l'Orange soit produite.
Le Narcisse par l'Aune, & l'Ambre par nos bois,
Qu'un Cigne & qu'un Hibou disputent de la voix,
Qu'aux Forets comme Orphée on écoute Titire
Qu'ainsi qu'un Arion sur les eaux on l'admire,
Commencés ma Musette & chantés nous des Airs
Qui des bois de Ménale égalent les concerts.

Que des flots courroucés, la fureur débordée
Ne fasse qu'une Mer de la Terre inondée.
Poussé du desespoir sur les Monts les plus hauts
Je vai percipiter mes malheurs dans les Eaux,
Adieu cheres Forets, Adieu Nise volage
Reçois de mon amour le dernier témoignage,
Ma Musette cessés ne chantés plus ces Airs.
Qui des bois de Ménale égalent les concerts.

* *Arion joueur de Lire.*

Hæc Damon : Vos quæ responderit Alphesibœus ;

Dicite Pierides. NON *omnia possumus omnes.*

ALPHESIBOEUS.

Effer aquam , & molli cinge hæc altaria vita ,

Verbenasque adole pingues , & mascula thura :

Conjugis ut magicis sanos avertere sacris

Experiar sensus , nihil hîc nisi carmina desunt.

Ducite ab urbe domum , mea carmina , ducite Daphnim.

Carmina vel cœlo possunt deducere Lunam :

Carminibus Circe socios mutavit Ulyssei :

Frigidus in pratis cantando rumpitur anguis.

Ducite ab urbe domum , mea carmina , ducite Daphnim.

Terna tibi hæc primùm triplici diversa colore

Licia circumdo : terque hæc altaria circùm

Effigiem duco : numero Deus impare gaudet.

Ducite ab urbe domum , mea carmina , ducite Daphnim.

Necte tribus nodis ternos Amarylli colores ?

Necte Amarylli modo , & Veneris , dic vincula necto.

Ducite ab urbe domum , mea carmina , ducite Daphnim.

Ainsi chanta Damon, Muses daignés m'aprendre
Les Vers qu'Alphesibée à son tour fit entendre,
Cheres & doctes sœurs vous avés ce pouvoir,
Un Berger comme moi ne peut pas tout sçavoir.

ALPHESIBE'E.

* De l'Eau ? dit la Sorciere, & puis elle commande
Qu'on entoure l'Autel d'une petite bande,
Jette, dit-elle, au feu la vervene & l'Encens,
Par mon-Art de Daphnis je veux charmer les sens,
Il ne faut que les Vers à qui tout est facile,
Mes Vers ramenés-moi mon Daphnis de la Ville.
De ces Vers enchanteurs, le charme est si puissant
Que la Lune en ces lieux du Ciel même descend
C'est par leur force étrange, & par leur artifice,
Que Circé transforma les compagnons d'Ulisse,
Et ces magiques Vers soutenus par nos chants
Parmi l'émail des prés font crever les Serpens.
Vers enchanteurs je sçai que tout vous est facile.
Faites que mon Daphnis reviene de la Ville.
De cordons diferens au beau nombre de trois,
Du bord je t'environne ô Daphnis, & trois fois,
Au tour de cet Autel je porte ton Image,
Le nombre impair aux Dieux plaît toûjours d'avantage,
Mes vers si vous avez des charmes si puissans,
Faites que mon Dahpnis reviene dans nos champs,
Fais trois nœuds aux cordons de couleur differente,
Et dis, j'unis ainsi Daphnis à son amante,
Mes Vers si vous avés des charmes si puissants
Faites que mon Daphnis reviene dans nos champs.

* *Ces vers sont dits par une Magicienne qui parle avec sa servante Amarillis, qu'elle prie de luy donder tout ce qui est necessaire pour composer le charme qui doit lui faire venir Daphnis son amant.*

Limus ut hîc durescit, & hæc ut cera liquescit,
Uno, eodemque igni: sic nostro Daphnis amore.
Sparge molam, & fragiles incende bitumine lauros
Daphnis me malus urit: ego hanc in Daphnide laurum.
Ducite ab urbe domum, mea carmina, ducite Daphnim.

Talis amor Daphnim, qualis, cùm fessa juvencum
Per nemora, atque altos quærendo bucula lucos
Propter aquæ rivum viridi procumbit in herba
Perdita, nec seræ meminit decedere nocti.
Talis amor teneat: nec sit mihi cura mederi.
Ducite ab urbe domum, mea carmina, , ducite Daphnim.

Has olim exuvias mihi perfidus ille reliquit
Pignora chara sui: quæ nunc ego limine in ipso
Terra tibi mando: debent hæc pignora Daphnim.
Ducite ab urbe domum, mea carmina, ducite Daphnim.

Has herbas atque hæc Ponto mihi lecta venena,
Ipse dedit Mœris, nascuntur plurima Ponto.
His ego sæpe lupum fieri & se condere sylvis
Mœrim, sæpe animas imis exire sepulchris,

Atque

* Comme ce feu chauffant l'un & l'autre figure,
Rend la cire plus mole, & l'argile plus dure,
Je veux qu'en ma faveur Daphnis soit adouci,
Et qu'à tout autre objet son cœur soit endurci,
Repans Amarillis cette pâte & l'allume,
Avec que ce laurier trempé dans le bitume;
L'insensible Daphnis fait toute mon ardeur,
Mais brûlant ce laurier, je brûleray son cœur.
Vers enchanteurs, je sçay que tout vous est facile,
Faites que mon Daphnis revienne de la Ville.

Je veux qu'il m'aime ainsi que l'on voit quelquefois,
D'amour pour un Taurau la Genisse aux abois,
Le chercher vainement de boccage en boccage,
Et lasse, de langueur tomber sur le rivage,
Oublier dans la nuit de s'aller retirer,
Je veux qu'il m'aime autant, & sans rien esperer,
Si pour toucher son cœur ma peine est inutile,
Mes Vers ramenez moi mon Daphnis de la Ville.

Le perfide Daphnis en des tems plus heureux,
Me laissa ces presens pour gage de ses feux,
O terre je les mets sous le seuil de la porte,
C'est pour ravoir Daphnis l'adresse la plus forte;
Mes vers si vous avez des charmes si puissants,
Faites que mon Daphnis revienne dans nos champs.

Ces venins dangereux, herbes empoisonnées,
C'est Meris l'enchanteur qui me les a données,
Il les cueïllit pour moi sur les rives du Pont,
En simples merveilleux ce climat est fecond;
J'ay vû de grands effets de leur pouvoir étrange,
C'est par eux que Meris en loup souvent se change,
Qu'il se met dans les bois au rang des animaux,
Qu'il fait sortir les morts du creux de leurs tombeaux;

* *Icy la Magicienne tient deux Statuës l'une de cire, l'autre d'argille qui representent Daphnis.*

Atque satas alio vidi traducere messes.

Ducite ad urbe domum, mea carmina, ducite Daphnim.

Fer cineres: Amarylli foras, rivòque fluenti,
Transque caput jace: ne respexeris: his ego Daphnim.
Aggrediar: nihil ille deos, nil carmina curat.
Ducite ab urbe domum, mea carmina, ducite Daphnim.

Aspice, corripuit tremulis altaria flammis
Sponte sua dum ferre moror, cinis ipse: bonum sit.
Nescio, quid certe est, & Hylax in limine latrat.
Credimus? AN QUI amant, ipsi sibi somnia fingunt?
Parcite, ab urbe venit, jam parcite carmina, Daphnis.

Que souvent dans nos champs la semence jettée,
Pour croître & pour meurir est ailleurs transportée.
Mes vers si vous avez des charmes si puissans,
Faites que mon Daphnis revienne dans nos champs.

C'à donc Amarillis jette dehors la cendre,
Dans ce ruisseau coulant il te la faut repandre,
Mais par dessus la tête, & sans te détourner,
Par mes charmes puissans je veux le ramener;
Sur lui les vers les Dieux tout semble être inutile,
Mes vers ramenez moi mon Daphnis de la Ville.

* Comme à vous obeïr je differois un peu,
La cendre d'elle-méme a mis l'Autel en feu,
Plaise au Ciel que ce soit un bonheur qu'il m'envoye,
Je croy qu'Hylax son chien à nôtre porte aboye,
Est-ce luy? n'est-ce point un des songes charmans
Qu'au gré de leurs desirs se forment les amans,
Cessez mes vers, je voy que tout vous est facile,
Cessez, voicy Daphnis revenu de la Ville.

* *Amarillis parle à la Magicienne.*

MOERIS

ECLOGA IX.

Virgilius agros repetens penè occisus est à Centurione Ario. Miscet & Augusti laudes.

LICIDAS.

QUò te Mœri pedes ? an, quò via ducit in urbem ?

MOERIS.

O Lycida vivi pervenimus, advena nostri,
Quod numquam veriti sumus, ut possessor agelli
Diceret : Hæc mea sunt, veteres migrate coloni.
Nunc victi, tristes : QUONIAM sors omnia versat.
Hos illi (quod nec bene vertat) mittimus hœdos.

LICIDAS.

Certe equidem audieram, quà se subducere colles
Incipiunt, mollique jugum demittere clivo,
Usque ad aquam, & veteris jam fracta cacumina fagi,
Omnia carminibus vestrum servasse Menalcam.

MOERIS.

Audieras, & fama fuit : sed carmina tantum
Nostra valent, Lycida, tela inter Martia, quantum
Chaonias dicunt aquilâ veniente columbas.

* On dit qu'en Epire il y avoit un bois ou les Pigeons rendoient les oracles.

MERIS

ECLOGUE IX.

Virgile décrit ici le danger qu'il courût de perdre la vie lorsqu'il vouloit retirer ses Terres du Capitaine Arius suivant l'ordre d'Auguste, dont il mêle ici les loüanges.

LICIDAS.

QUEL est le lieu Meris, où tu conduits tes pas?
N'est-ce point à la Ville?

MERIS.

Ah! mon cher Licidas.
Eût-on jamais prevû qu'en ce tems où nous sommes,
Il fallut tant souffrir de l'audace des hommes?
Et qu'un usurpateur nous dût parler ainsi;
Tous vos biens sont à nous, vieux Manans hors d'icy,
Contraints de luy ceder puisque le sort l'ordonne,
Le sort renverse tout & n'épargne personne;
Nous allons à regret luy porter ces Chévraux:
Puisse nôtre present luy causer mille maux.

LICIDAS.

Pourtant on avoit dit que du trouble des Guerres
Par ses vers ton Menalque avoit sauvé ses Terres,
* Ce coteau qui décend par un panchant aisé,
Jusque aux Eeaux, jusque au fau dont le faite est brisée.

MERIS.

On l'avoit dit ainsi; mais dans le bruit des armes,
Et parmi les Soldats nos vers n'ont point de charmes,
Ils sont aussi puissans sur leurs coeurs furieux,
Que le foible Pigeon sur l'Aigle imperieux.

* *Designation des biens de Virgile à Mantouë.*

Quòd nisi me quacumque novas incidere lites.
Antè sinistra cava monuisset ab ilice cornix,
Nec tuus hic Mœris, nec viveret ipse Menalcas.

LICIDAS.

Heu cadit in quenquam tantum scelus! heu tua nobis
Penè simul tecum solatia rapta, Menalca!
Quis caneret Nymphas? quis humum florentibus herbis
Spargeret? aut viridi fontes induceret umbra?
Vel quæ sublegi tacitus tibi carmina nuper,
Cùm te ad delicias ferres Amaryllida nostras.
Tytire, dum redeo (brevis est via) pasce capellas:
Et potum pastas age, Tytire, & inter agendum
Occursare capro (cornu ferit ille) caveto.

MOERIS.

Immò hæc, quæ Varo necdum perfecta canebat.
Vare tuum nomen, superet modo Mantua nobis,
Mantua væ miseræ nimium vicina Cremonæ,
Cantantes sublime ferent ad syderia cygni.

LICIDAS.

Sic tua Cyrneas fugiant examina taxos:
Sic cythiso pastæ distentent ubera vaccæ,
Incipe, si quid habes, & me fecere Poëtam,
Pierides, sunt & mihi carmina: me quoque dicunt
Vatem pastores: sed non ego credulus illis.

* Virgile fait allusion au Capitaine Arius qui avoit envahi son bien.

* L'Isle d'Ecorce s'apelle ainsi a cause de Cyrnus fils d'Hercule.

Si la Corneille un jour par un heureux presage,
Ne mût d'un Chêne creux instruit en son langage;
Que nous devions ceder à leurs rudes efforts!
Ménalque, & ton Meris seroient parmi les morts,

LICIDAS.

Helas de ce forfait quelqu'un est-il capable!
Qui voudroit nous ravir cet homme incomparable *
Ménalque, dont les vers charment tout nôtre ennui.
Quel autre chanteroit les Nimphes comme luy?
Qui d'herbes & de fleurs embeliroit nos plaines,
Et qui d'ombrages verds couvriroit nos fontaines?
Qui fairoit comme luy des vers aussi polis,
Que ceux, qu'en t'en allant vers nôtre Amarillis,
Un de ces derniers jours je te pris sans rien dire,
Atandant mon retour, qui sera pompt, Titire!
Mene mes Chévres paître & puis les abrever;
Mais en les conduisant voi de ne pas trouver
Ce Bouc qui se fait craindre aussi-tôt qu'il se montre,
Il donne de sa corne à tout ce qu'il rencontre.

MERIS.

Chante plûtôt les vers a Varus * adressés,
Que ce fameux Berger n'avoit que commencés.
Si Mantouë encore reste, elle dont la ruine
Vint de ce que Cremone en étoit trop voisine
Des Cignes de ce temps le chant melodieux
Varus, élevera vôtre nom jusqu'aux Cieux.

LICIDAS.

Que tes mouches à miel exercant leur pillage
Toûjours des ifs amers évitent le feüillage;
Que tes Vaches broutant l'herbage qui leur plaît,
S'en nourrissent sans cesse enflant leur pis de lait:
Commence si tu sçais quelque autre chansonnette,
Les Muses en naissant m'ont fait aussi Poëte:
J'ai des vers comme ami de ces divines sœurs,
Je suis Poëte enfin si j'en croi nos Pasteurs.

* *C'est Quintilius Varus Capitaine Romain qu'Auguste fit Gouverneur de Syrie & d'Allemagne, grand Poëte.*

Nam neque adhuc Varo videor, nec dicere Cinna
Digna, sed argutos inter strepere anser olores.

MOERIS:

Id quidem, ago & tacitus Lycida mecum ipse voluto,
Si valeam meminisse: neque est ignobile carmen.
* *Huc ades, ô Galatea: quis est nam ludus in undis?*
Hic ver purpureum: varios hic flumina circum
Fundit humus flores: hîc candida populus antro
Imminet, & lentæ texunt umbracula vites.
Huc ades: insani feriant sine littora fluctus.

LICIDAS.

Quid, quæ te purâ solum sub nocte canentem
Audieram? NUMEROS *memini, si verba tenerem.*

MOERIS.

Daphni, quid antiquos signorum suspicis ortus?
Ecce Dionæi processit Cæsaris astrum:
Astrum, quo segetes gauderent frugibus: & quò
Duceret apricis in collibus uva colorem.
Insere Daphni pyros, carpent tua poma nepotes.
OMNIA *fert ætas, animum quoque: sæpe ego longos*
Cantando puerum memini me condere soles,
Nunc oblita mihi tot carmina: vox quoque Mœrim
Jam fugit ipsa: lupi Mœrim videre priores.
Sed tamen ista satis, referet tibi sæpe Menalcas

LICIDAS.

Causando nostros in longum ducis amores,

* Ces cinq vers sont du Ciclope Poliphême qui invite Galatée à quitter la Mer.

Et nunc

Ils me le disent bien, je n'ose les en croire;
Encor mon cher Varus m'en refuse la gloire;
Je ne puis de Cinna chanter l'illustre nom:
Prés des Cygnes du temps je ne suis qu'un Oison

MERIS.

J'y revois & si j'ay la memoire fidelle,
Ecoute une chanson qui me semble assez belle.

Venés ô Galatée, où regne le répos!
Quel plaisir si charmant vous détient sous les flots?
Icy le doux printemps est couronné de Roses;
Aux bords de ces ruisseaux mille fleurs sont ecloses:
Voyez ce Peuplier sur ma grote panchant
Former avec la Vigne un ombrage mouvant.
Galatée aprochés, & laissés dans l'orage
Les flots se soulever & battre le rivage.

LICIDAS.

Et cette autre chanson .... ah! je n'en sçai que l'air;
Tu nous la chantois seul un soir serain & clair.

MERIS.

Des Astres anciens tu cherches la naissance,
A celuy de Cesar borne ta connoissance,
Daphnis, sous ce bel Astre on verra tout fleurir,
Les epis se dorer & les raisins meurir;
Sous cet Astre Daphnis fais aujourd'huy des entes;
Tes fils auront le fruit des arbres que tu plantes.

Mais l'âge efface tout, & le temps nous fait voir
Que sur nôtre esprit même il étend son pouvoir,
Il me souvient pourtant qu'en mes jeunes années,
Je passois a chanter les plus longues journées:
Maintenant tous ces vers se sont évanoüis;
Et si je chante, on dit, le loup à veu Meris,
Mais c'est assés, ces vers te peuvent bien suffire;
Menalque aura souvent d'autres vers à te dire.

LICIDAS.

Ah! c'est trop differer par tes detours divers;
Le plaisir qui m'enchante au recit de tes vers,

Et nunc omne tibi ſtratum ſilet æquor, & omnes
(Aſpice) ventoſi, ceciderunt murmuris auræ.
Hinc adeo media eſt nobis via : namque ſepulcrum
Incipit aparere Bianoris : hîc ubi denſas
Agricolæ ſtringunt frondes, hîc Mœri canamus.
Hic hædos depone, tamen veniemus in urbem :
Aut ſi, nox pluviam ne colligat ante, veremur,
Cantantes licet uſque (minus via lædet) eamus.
Cantantes ut eamus, ego hoc te faſce levabo.

MOERIS.

Deſinat plura puer : & quod nunc inſtat, agamus.
Carmina tum meliùs, cùm venerit ipſe, canemus.

Voi comme en ta faveur tout eſt dans le ſilence,
Voi les vents & les Eaux calmer leur violence;
Ici nôtre voyage eſt déja demi fait,
Déja de Bianor * le monument paroît:
Laiſſe-là tes Chévreaux, où l'épaiſſe feüillée
Des mains de l'émondeur eſt maintenant taillée:
Meris en cet endroit renouvelle tes chants;
Nous ſerons à la ville encore aſſés à temps,
Si tu crains que la nuit ne donne de la pluye,
Allons chantant, de peur que le chemin n'ennuye,
Je prendrai les Chévreaux, tu pourras en marchant
Libre de tout ſouci continuer le chant.

MERIS.

Ceſſe jeune Berger de tenir ce langage,
Il faut prendre des ſoins qui preſſent davantage,
Quand Ménalque ſera de retour en ces lieux,
Nous dirons d'autres vers, & chanterons bien mieux.

* *Bianor étoit le fondateur de Mantouë.*

GALLUS

ECLOGA X.

Gallum Poëtam de amissa amica, quam immodicè amabat, solatur.

Extremum hunc, Arethusa, mihi concede laborem.
Pauca meo Gallo: sed quæ legat ipsa Lycoris,
Carmina sunt dicenda, neget quis, carmina Gallo?
Sic tibi cùm fluctus subterlabere Sicanos,
* *Doris amara suam non intermisceat undam,*
Incipe, sollicitos Galli dicamus amores,
Dum tenera attondent simæ virgulta Capellæ.
Non canimus surdis, respondent omnia sylvæ.
Quæ nemora, aut qui vos saltus habuere, puellæ
Naïdes, indigno cùm Gallus amore periret?
Nam neque Parnassi vobis juga, nam neque Pindi
Ulla moram fecere * * *neque Aonia Aganippe,*
Illum etiam lauri, illum etiam fleuere myricæ,
Pinifer illum etiam sola sub rupe jacentem,
Menalus, & gelidi fleuerunt saxa Lycæi,

* Doris étoit une Déesse de la Mer, femme de Nerée.

** C'est une fontaine en Beotie d'où sort le fleuve Parnasse.

GALLUS

EGLOGUE X.

Il console le Poëte Gallus sur ce que sa maîtresse qu'il aimoit passionement l'avoit abandonné pour suivre Antoine dans les Gaules.

ARetheuse * aide moi dans ce dernier ouvrage;
A chanter quelques vers, mon cher Gallus m'engage,
Mais que de Licoris ** soient dignes d'être lûs,
Pourroit-on refuser quelques vers à Gallus.
Ainsi tes Eaux passant sous les ondes salées
Dans le sein de la mer jamais ne soient mélées,
Commence, inspire moi tandis que nos Chévraux
Broutent les rejettons des tendres arbrisseaux;
Exprime de Gallus l'excessive tendresse,
Et pein moy ses soucis pour sa belle maîtresse,
Les bois ne sont pas sourds, nous chantons à des bois
Dont le fidelle écho répond à nôtre voix.
Quels lieux, quelles Forêts vous avoient retenuës
Nimphes qu'à son secours vous ne soyés venuës,
Quand Gallus possedé d'un violent amour,
Pour un objet ingrat alloit perdre le jour!
Le Pinde le Parnasse & sa divine source
Nont point par leurs plaisirs arrêté vôtre course,
Tous étoient occupés a plaindre ses malheurs,
Le Laurier, la bruyere ont répandu des pleurs
Le Ménale ce mont en pins toûjours fertile,
Le voiant sous un roc de douleur immobile,
Les Rochers du lieu en l'oyant soupirer,
Ont fait fondre leur glace afin de le pleurer,

* *Virgile invoque ici Aretheuse comme une Nimphe de Sicile.*

** *Licoris quitta Gallus & suivit Antoine dans les Gaules.*

Stant & oves circùm, nostri nec pœnitet illas :
Nec te pœniteat pecoris divine Poëta :
Et formosus oves ad flumina pavit Adonis :
Venit & upilio, tardi venere bubulci,
Vuidus biberna venit de glande Menalcas,
Omnes, unde amor iste, rogant, tibi ? venit Apollo,
Galle quid insanis ? inquit, tua cura Lycoris,
Perque nives alium, perque horrida castra secuta est,
*Venit & agresti capitis * Silvanus honore,*
Florentes ferulas, & grandia lilia quassans,
Pan deus Arcadiæ venit, quem vidimus ipsi
Sanguineis ebuli baccis, minioque rubentem :
Et quis erit modus ? inquit : amor non talia curat,
Nec lacrymis crudelis amor, nec gramina rivis,
Nec cythiso saturantur apes, nec fronde capellæ.
Tristis at ille. Tamen cantabitis, Arcades inquit,
Montibus hæc vestris, soli cantare periti
Arcades, ô mihi tum quàm molliter ossa quiescant
Vestra meos olim si fistula dicat amores !

* Sylvain Dieu des forêts, Faune, Satire

On a veu ſes Brebis au tour de luy belantes,
Etre comme leur Maître & triſtes & dolentes,
De l'excez de vos maux ce bétail eſt touché,
D'être au rang des Bergers ne ſois donc pas faché.
Ne nous mépriſe pas, grand & divin Poëte,
Comme nous Adonis a porté la houlette,
Comme nous il aima de mener des troupeaux,
Et de les faire paître au rivage des Eaux,
Le Paſteur accourant, te fait voir ſa tendreſſe,
Le Bouvier pareſſeux & ſe hâte & s'empreſſe,
Ménalque vient s'y rendre encor tout dégoûtant,
De l'eau qui la mouillé quand il cueilloit le gland
Tout y court, & chacun s'informe & te demande,
La cauſe d'un amour qui lui paroît ſi grande;
Apollon vient lui-même, & te tient ce diſcours,
As tu perdu l'eſprit Gallus dans tes amours?
L'ingrate en aime un autre, & marche ſur ſes traces,
A travers les combats, les néges & les glaces;
Silvain le front orné de ſes rameaux fleuris,
Arrive en ſecouant les Roſeaux & les Lis,
Pan s'y montre vermeil, nous l'avons vû nous-même,
Quand finira, dit-il, ta paſſion extréme,
L'amour eſt peu touché de pareilles douleurs,
Jamais ce Dieu cruel ne ſe ſoûle de pleurs,
Non plus que des ruiſſeaux le frais & tendre herbage,
Les Abeilles de fleurs, les Chévres de feüillage.
Gallus eſt toûjours triſte & ſes mortels ſoucis,
Par ces propos flateurs ne ſont point adoucis;
Vous chanterez, dit-il, vous Bergers d'Arcadie,
Dont l'Univers charmé vante la melodie,
Vous ſeuls maîtres en l'art de chanter dignement;
Vous ſeuls dirés l'excés de mon cruel tourment,
A vos bois, à vos monts vous le ferés entendre,
Helas dans quel répos ne ſera point ma cendre,
Si jamais vôtre flute aprés mes derniers jours,
Daigne prendre le ſoin de chanter mes amours.

Atque utinam ex vobis unus, vestrique fuissem
Aut custos gregis, aut maturæ vinitor uvæ!
Certe sive mihi Phyllis, sive esset Amyntas,
Seu quicumque furor; (quid tum, si fuscus Amyntas?
Et nigræ violæ sunt, & vaccinia nigra;)
Mecum inter salices lenta sub vite jaceret,
Serta mihi Phyllis legeret, cantaret Amyntas;
Hîc gelidi fontes, hîc mollia prata Lycori,
Hîc nemus, hîc ipso tecum consumerer ævo,
Nunc insanus amor, duri me Martis in armis,
Tela inter media, atque adversos detinet hostes,
Tu procul à patria (nec sit mihi credere) tantum
Alpinas ah! dura nives, & frigora Rheni,
Me sine sola vides, ah! te ne frigora lædant!
Ah tibi ne teneras glacies secet aspera plantas!
*Ibo, & * Chalcidico que sunt mihi condita versu,*
Carmina, pastoris Siculi modulabor avena,
certum est in sylvis, inter spelæa ferarum
Malle pati, tenerisque meos incidere amores
Arboribus, crescent illæ, crescetis amores.

* Calcide étoit une Ville d'Eubre ou tercrite inventens des Eclogues s'est tenu long-tems.

Interea

Que ne ſuis-je un de vous, que ne puis-je en échange,
Conduire des troupeaux, & fouler la vendange ?
Que j'aurois du plaiſir de me voir enchanté
D'Amynthe, de Philis, ou d'une autre beauté ?
Il m'importeroit peu qu'Amynthe fut brunette,
Tel eſt le vaciet, telle eſt la violette.
Sous des Vignes tous deux, ſous des ſaules couchés,
L'amour dans ſes liens nous tiendroit attachés,
Philis me cueilliroit les fleurs les plus nouvelles,
Amynthe me diroit les chanſons les plus belles.
C'eſt-là qu'on eſt charmé de la fraicheur des eaux,
C'eſt où l'on voit les prez plus rians & plus beaux,
Là des vaſtes Forêts ſous leurs ſombres feüillages,
Répandent en tout temps d'agreables ombrages;
Ces eaux, ces prez, ces bois me ſeroient bien plus doux,
Si j'y paſſois mes jours Licoris avec vous.
Mais mon amour m'emporte au milieu des alarmes,
Parmi des ennemis dans la fureur des Armes.
Loin de vôtre patrie, à peine je le croy,
Vous vivés inhumaine, & vous vivés ſans moy,
Oüy ſans moi vous voyés, cœur ingrat, ame dure,
Des Alpes & du Rhin la nége & la froidure
Ah ! qu'au moins les glaçons rencontrés ſous vos pas,
Ne donnent point d'atteinte à vos Pieds delicats,
* J'iray dans les deſerts chercher une retraite,
Du Berger de Sicile empruntant la Muſette,
Sur elle je diray cette belle chanſon,
Que Rome en ſon langage a vû de ma façon,
J'aime mieux tout ſouffrir au milieu des boccages,
Dans les antres affreux des animaux ſauvages,
Privé de Licoris y ſoulager mes maux,
Graver ma paſſion ſur les tendres ormeaux,
Traits formés par l'amour que Licoris fit naître
Quand les arbres croitront, je vous y verrai croitre.

* *Trois remèdes d'amour.* 1. *faire des vers ou en chanter.* 2. *quiter les Villes.* 3. *aller à la chaſſe.*

Interea mixtis lustrabo Mænala Nymphis,
Aut acres venabor apros, non me ulla vetabunt
Frigora, a Parthenios canibus circumdare saltus,
Jam mihi per rupes videor, lucòsque sonantes
Ire, b libet Partho torquere Cydonia cornu
Spicula, tanquam hæc sit nostri medicina furoris,
Aut deus ille malis hominum mitescere discat,
Jam neque Hamadryades rursus, nec carmina nobis
Ipsa placent, ipsæ rursus concedite silvæ,
Non illum nostri possunt mutare labores,
Nec si frigoribus mediis Hebrúmque bibamus,
Sthoniásque nives hyemis subeamus aquosæ,
Nec si, cùm moriens alta liber aret in ulmo,
Æthiopum versemus oves sub sidere Cancri,
OMNIA *vincit amor, & nos cedamus amori,*
Hæc sat erit divæ, vestrum cecinisse Poëtam,
Dum sedet, & gracili fiscellam texit hibisco,
Pierides, vos hæc facietis maxima Gallo,
Gallo, cujus amor tantum mihi crescit in horas;
Quantum vere novo viridis se subjicit alnus.
Surgamus, solet esse gravis cantantibus umbra:
Juniperi gravis umbra, nocent & frugibus umbræ.
Ite domum saturæ, venit Hesperus ite capellæ.

a Mont d'Arcadie.

b Les Parthes tiroient bien de l'arc, & les meilleures flêches se faisoient à Cydon, ville de Crête.

Joint aux Nimphes des bois je suivrai cependant
Sur le mont de Ménale un Sanglier ardant,
Là sans que les Hyvers me tiennent en contrainte,
Des bois avec mes chiens je formerai l'enceinte,
Il me semble déja que je lance mes traits,
Et parmi les rochers & parmi les forêts,
Comme si cette vie & fatigante & rude
Donnoit quelque relâche à mon inquietude,
Ou qu'il fut vrai qu'amour cause de nos langueurs,
Dût pour nôtre souffrance adoucir ses rigueurs.
Mais helas ! ni les vers ni les Hamadriades*
Ne changent point les cœurs que l'amour rend malades;
Forêts retirez vous, vôtre sombre sejour
Est peu propre à calmer les fureurs de l'amour :
Qu'au milieu des Hyvers j'aille au fonds de la Thrace,
De ses fleuves gelez boire toute la glace ;
Qu'en ces climats brûlans je mene mes troupeaux,
Où le Ciel tout en feu fait sécher les ormeaux,
Des peines que j'endure inutile remede,
Amour surmonte tout, il faut que je lui cede.
C'est assez qu'en répos vôtre cher nourisson,
En tissant son panier vous ait dit sa chanson,
Muses à mon Gallus faites le bien paroître,
A tous momens pour lui je sens mon amour croître;
Comme l'Aulne au Printems fait croître ses rameaux,
Levons nous promptement, l'ombre des arbrisseaux,
Et celle du geniévre aux fruits si mal faisante,
L'est souvent à celuy qui trop long-tems y chante,
Mais l'Etoïle du soir commence d'éclairer,
Allez mes chers troupeaux allez vous retirer.

* *Hamadriades Nimphes qui naissent & meurent avec les arbres, & viennent dans leur écorce.*

FIN.

SUR UNE E'PINGLE, donnée à une des filles de la Reine.

STANCES.

LORSQUE l'amour sur nous veut montrer sa puissance,
IRIS dés ce moment tout nous devient fatal ;
Et si nous devons croire à notre experience,
Une épingle suffit pour causer un grand mal.

Quand pour en trouver une, on vous voyoit en peine ;
Soudain pour vous l'offrir, j'eus assez de bonheur :
Ce present ne vaut pas qu'on vous en entretienne,
Mais il étoit suivi de celui de mon cœur.

De cet aveu si prompt, cette épingle est la cause ;
Aussi ce fut alors que je sentis vos coups :
Et quand vous en vouliez attacher quelque chose,
Vous eûtes le secret de m'attacher à vous.

Je sçai bien que pour être une de vos conquêtes,
Je devrois être né sous des destins meilleurs ;
Et que pour vous servir dans le rang où vous êtes,
Il faut être en état de commander ailleurs.

Je n'ai point ce beau sort, mais je sens une flâme,
Qui pour vous meriter vaut bien tout cet honneur :
Et si vous pouviez voir dans le fonds de mon ame,
Vous verriez qu'en amour je suis fort grand Seigneur.

Que vous m'aimiez beaucoup, que vous ne m'aimiez guere,
Je ne sçaurois, IRIS, brûler d'un autre feu :
J'ai beau m'en tourmenter, quoique je veuille faire,
Je ne puis retirer mon épingle du jeu.

POUR UNE DAME TOURMENTE'E par un Esprit.

STANCES.

CE n'est donc pas assez pour être aimé de vous,
De pousser des soûpirs, & de verser des larmes;
IRIS, pour obtenir un traitement plus doux,
Il faut avoir recours aux charmes.
Vos plus parfaits Amans ne font rien que blanchir;
Vous ne vous lassez point de leur être cruelle;
Mais, peut-on esperer au moins de vous fléchir,
Si-tôt que le Diable s'en mêle.
Ce qui va vous troubler jusques dans votre lit,
Est l'invisible corps de quelqu'un qui vous aime:
Ne vous arrêtez pas à tout ce que l'on dit,
Il n'en est rien, c'est l'Amour même.
J'étois auprés de vous quand il tiroit vos draps;
Il avoit son flambeau, son carquois & ses aîles:
Et bien qu'aux yeux de tous il ne se montre pas,
Il se montre aux Amans fidéles.
Il se fit voir à moy, dés lors que je le vis,
J'aiday par mon silence à sa douce imposture:
Et lui pour vous donner un salutaire avis,
Vous tira par la couverture.
Alors, il me sembla qu'il vous disoit tout bas:
Trop inhumaine IRIS, pour qui chacun soûpire;
Ne pensez vous avoir de si charmans apas,
Que pour dépeupler mon empire?
Cette taille, ce port, ces yeux brillans & doux;
Ce tein si délicat, cette blancheur extrême,
Ne sont pas des attraits qui soient tous faits pour vous:
Ils sont pour celui qui les aime.

Puisqu'Amour vous l'a dit, suivez son sentiment :
Aux maux que vous causez, soyez plus pitoyable ;
Que si vous prétendez en user autrement,
Ce Dieu sera toûjours le diable.

IDYLLE SUR LE CANAL ROYAL, de communication des Mers en Languedoc.

LE DIEU DU CANAL.

Depuis peu dans le sein de ces vastes Campagnes,
Je trace une route à mes Eaux :
Des plus bas lieux, je m'éleve aux plus hauts :
Je franchis les Valons, je perce les Montagnes ;
Et quoique rien ne soit égal à moy,
Je suis le moindre effet du pouvoir d'un grand Roy.

LA NIMPHE D'ORB. *

Dés l'enfance du monde,
J'arrose de mon Onde,
Des bords aussi feconds qu'ils sont délicieux.
C'est le plus doux Climat que le Soleil éclaire ;
Et si les Dieux pouvoient se plaire
Ailleurs que dans les Cieux,
Ils se plairoient dans ces lieux.

LE DIEU.

De l'une & l'autre Mer je forme l'alliance,

LA NIMPHE.

Mes Eaux servent à votre cours :

LE DIEU.

Du Roy qui nous unit celebrons la puissance ;

LA NIMPHE.

Je mets toute ma gloire à le chanter toûjours,

* *ORB, Riviere qui passe à Beziers.*

TOUS DEUX ENSEMBLE.

Qu'à l'Univers il donne des beaux jours :
L'ennemi ne craint plus sa marche triomphante,
Loüis en fut l'épouvante,
Loüis en est les amours.

LE DIEU.

Ah ! qu'il est élevé sur le reste des Princes !

LA NIMPHE.

Qu'il pourvoit sagement au bien de ses Provinces :

LE DIEU.

Ce Peuple en est charmé :

LA NIMPHE.

Ces lieux en sont témoins,

TOUS DEUX ENSEMBLE.

BONZY leur donne ses soins.

LE DIEU.

D'un éclat sans pareil, sa pourpre est embelie :

LA NIMPHE.

A ses grandes vertus, il doit ses grands emplois ;

LE DIEU.

C'est la gloire de l'Italie ;

LA NIMPHE.

C'est le bonheur de l'Empire François.

TOUS DEUX ENSEMBLE.

Il sert à la fois
Les Dieux & les Rois :
C'est la gloire de l'Italie ;
C'est le bonheur de l'Empire François.

CONTE.

UN jour une Brebis d'une pluye orageuse,
Sous un Buisson épais crût se bien garentir :
Le beau temps de retour, elle voulut sortir
De cette retraite épineuse,
Le Buisson herissé s'acroche à la toison :
Retient la Brebis, la harcelle,

Et lui fait trouver au tour d'elle,
Dans son azile, une prison.
Elle en sortit enfin avec beaucoup de peine;
Et pour dire en un mot tout ce qui se passa,
Sur le Buisson, elle laissa
Plus de la moitié de sa laine.
Toy qui pour les procés eus toûjours tant d'ardeur,
Ici dans la Brebis reconnois le Plaideur.

AU BEAU SEXE.

VOYEZ au point du jour une rose nouvelle,
Commencer à sortir de son feüillage vert;
Son sein est demi clos & demi découvert,
Moins elle se fait voir, plus elle paroit belle.
Mais lorsque d'un air plus hardi,
Elle s'ouvre & s'expose aux ardeurs du midi,
Bientôt elle est flétrie, & devient languissante;
Elle perd sur le soir tout l'éclat du matin,
Une beauté naissante,
Trop prompte à se produire, a le même destin.

AIR NOUVEAU SUR LA GLACE.

BELLE & transparente merveille,
Amour de l'ardente saison,
Qu'avec joye on voit en prison
Captive autour d'une bouteille.
Glace, Cristal délicieux,
Present de la rigueur des Cieux,
Solide corps formé de l'Onde,
Vous possedez mille agrémens,
Tant que l'on boira dans le monde,
Vos froideurs parmi nous trouveront des Amans.

FIN.

www.ingramcontent.com/pod-product-compliance
Ingram Content Group UK Ltd.
Pitfield, Milton Keynes, MK11 3LW, UK
UKHW021112200726
13857UKWH00003B/1209